Ingolf Ellßel

Das Feuer der ersten Liebe

MEGA MEDIEN

Impressum:

ISBN 3-933461-18-9

Texterfassung: Edda Gembruch

Lektorat:
Andreas Stock
Pfarrer Otfried Hainebach
Roland Senkel
Bettina von Bracken

Covergrafik & Layout: Roland Senkel

Bibelzitate mit freundlicher Genehmigung der Verlage:
R.Brockhaus: revidierte Elberfelder Bibel
Deutsche Bibelgesellschaft: Lutherbibel 1984
Brunnen Verlag: Hoffnung für alle

Liedtext auf Seite 94:
Text: Olaf Franke
Musik: Timothy Kirk Thomas
©1985 Musikverlag Klaus Gerth, Asslar
aus der Kassettenserie: „Freddy der Esel“
Abdruck mit freundlicher Genehmigung.

Druck: Schönbach Druck, Erzhausen

Inhaltsverzeichnis

Vorwort

Es ist das kleine Wörtchen Liebe, das im gesellschaftlichen und christlichen Sprachgebrauch zu einiger Verwirrung geführt hat. Zugleich ist es Markenzeichen für das Wesen Gottes und damit so bedeutungsvoll wie kein anderer Begriff. Klärung ist deswegen immer wieder notwenig. Dies gilt besonders für die Zusammenhänge der wirksamen Liebe Gottes. Die Liebe Gottes will in ihrem Original erkannt sein. Jeder Verwässerung muß entgegengewirkt werden, damit kein Mensch an der Liebe Gottes zu zweifeln beginnt.

Geprägt von unserer humanistischen Kultur wurde die Liebe in einen falschen Zusammenhang mit der Abwesenheit von Leid gestellt. Kein geringerer als Gott selbst opferte aus Liebe zu dieser Menschheit Seinen eigenen Sohn Jesus Christus. Was für ein Leidensweg! Was für ein Feuer lebt da in göttlicher Liebe. Wie Vater und Mutter aus Liebe korrigieren, so will auch das *Feuer der ersten Liebe* Gottes das Wohl des Menschen erreichen. Nur selten wird diese Seite der göttlichen Liebe entdeckt.

In diesem Buch geht es nicht um einen Aufruf zur Selbstkasteiung, um so Gottes Liebe zu empfangen. Es geht auch nicht um eine neue Strategie, durch die wir mehr Feuer der ersten Liebe für unser Leben erreichen. Es geht um die Entdeckung, einer unerwarteten Aktivität der Liebe Gottes im Leben eines Christen. Es geht um das Feuer in der Liebe Gottes, das die Persönlichkeit eines Christen in unerwarteter Weise veredelt.

Eine Auseinandersetzung mit diesem biblischen Thema wird den Glauben und das Vertrauen zu Gott auf ein lebensbejahendes Niveau bringen.

Ein tieferes Verständnis der Liebe Gottes soll Mißverständnisse verhindern. Nicht mein Wille, sondern Dein Wille geschehe, war das vorbildliche Gebet Jesu zu Seinem himmlischen Vater.

Auf Anregung von Mega Medien-Verlagsleiter Andreas Stock kam dieses Buch zustande. Für seine freundliche Unterstützung und ermutigende Begleitung möchte ich mich herzlich bedanken. Dieser Dank gilt auch Edda Gembruch für die Texterfassung und Pfarrer Otfried Hainebach, der mit seiner Lektorarbeit und theologischen Begleitung einen wesentlichen Anteil an dieser Schrift hat.

Wohl wissend, daß ein geschriebener Text keine Predigt und eine Predigt kein geschriebener Text ist, möchte ich der Veröffentlichung dieser thematischen Vortragsreihe nicht im Wege stehen und wünsche dem Leser einen gesegneten Lebensgewinn.

Ingolf Ellßel
Tostedt, den 18. März 1999

Kapitel 1
Wie Gott liebt (1)

Als ich über das Thema dieser Botschaft nachdachte, stand mir plötzlich alles vor Augen. Ich mußte nichts formulieren. Da wußte ich, auf irgend etwas will Gott mich aufmerksam machen. So hatte Er es in anderen Themenbereichen schon getan. Ich erinnerte mich an einen Text, den ich hier und da schon einmal ausgelegt hatte, aber jetzt spürte ich, daß der Text für diese Zeit, in der wir leben, etwas zu sagen hat, und daß Gott uns dafür sensibel machen möchte. Dieser Text vermittelt etwas von dem, was auf dem Herzen Gottes für uns ist.

Wir leben als eine charismatisch offene Gemeinde in einer Zeit von wundersamen Phänomenen, die der Geist Gottes wirkt, und deren Frucht wir von der Bibel her sehr sorgfältig untersuchen und beobachten, damit auch Jesus tatsächlich darin geehrt wird. Dabei fiel uns auf, daß so manches Wirken des Geistes Gottes bereits niedergeschrieben worden ist. Zum Beispiel in den gesamten Kapiteln 12 und 14 des 1. Korintherbriefes, wo es um das Wirken des Heiligen Geistes geht. Und mittendrin ist ein anderes Kapitel, das sich allein mit dem Thema Liebe beschäftigt. Jemand sprach von dem Sandwich aus dem 1. Korintherbrief. Das 12. und 14. Kapitel sind der Deckel, und in der Mitte ist das saftige Fleisch, wie bei einem Sandwich. Der Apostel Paulus läßt da etwas für diejenigen anklingen, die sich dem charismatischen Wirken des Heiligen Geistes öffnen, wie es auch die Gemeinde in Korinth getan und mächtig erlebt hat. Er zeigt ihnen, welche wesentliche Rolle die Liebe dabei spielt, und daß das mächtige Wirken des Geistes Gottes ohne Liebe verletzt, sogar verstört und abschreckt, Menschen einfach in die Defensive gehen läßt, weil sie sich überfahren fühlen, als ob da etwas sei, das sie vereinnahmen möchte. Darum ist unser Thema ein großes biblisches Thema. Denn unser Gott ist ein Gott der Liebe. Wenn wir die Liebe Gottes verstehen wollen, die erste Liebe, das Feuer der Liebe Gottes, dann ist es am allerbesten, die Art zu beobachten, wie Gott in der heiligen Schrift liebt, und was Er unternimmt, um diese Liebe zu offenbaren. So orientieren wir uns an der schlichten Betrachtung einer Bibelgeschichte und beobachten die Art und Weise, wie Gott liebt. Wir werden in diesem Text Prophetisches entdecken, das für unsere Zeit zutrifft. Dabei geht es nicht nur um ein Gedenken an frühere Zeiten, wie Leute mit Gott umgegangen sind, sondern wir werden erleben, daß dieser Text uns einholt. Dafür haben viele von euch gebetet. Und Gott wird es auch tun!

„Vater, segne Dein Wort. Komm mit Deinem Geist und mach es für uns lebendig. Entfache den Glauben, den Du belohnen willst. Gib mir die Gnade zu reden und den Lesern die Gnade, es aufzunehmen. Öffne die Herzen durch Deine Gegenwart. Komm und besuche uns, diene uns, lege Deine liebenden Hände um unser Leben und forme uns nach Deinem Wohlgefallen. Beginne damit jetzt und laß nicht nach. Wirke Dein Werk, das Du Dir vorgenommen hast. Amen."

> ***Der HERR, der Gott des Himmels, der mich aus dem Haus meines Vaters und aus dem Land meiner Verwandtschaft genommen und der zu mir geredet und der mir dies geschworen hat: Deinen Nachkommen will ich dieses Land geben, der wird seinen Engel vor dir hersenden, daß du eine Frau für meinem Sohn von dort holen kannst. Wenn aber die Frau dir nicht folgen will, so bist du frei von diesem Schwur. Nur sollst du meinen Sohn nicht dorthin zurückbringen! Und der Knecht legte seine Hand unter die Hüfte Abrahams, seines Herrn, und***

schwor ihm auf dieses Wort. Dann nahm der Knecht zehn Kamele von den Kamelen seines Herrn und zog hin und nahm allerlei Gut seines Herrn mit sich.

1. Mose 24, 7-10a

Jedesmal, wenn ich diese Bibelstelle betrachte, gewinnt sie für mich neue Akzente. Das erwarte ich auch jedesmal, wenn ich sie lese, weil es eine sehr vielschichtige Begebenheit ist.

Sie ist vielschichtig, weil dort nicht nur Menschengeschichte, Familiengeschichte, sondern Gottes Geschichte abläuft, und zwar mit uns. Ich will das einfach vorwegnehmen: Wir finden hier die Begebenheit von Abraham, der nach langer Zeit endlich seinen so oft zugesprochenen, durch Verheißung bestätigten einzigen Sohn bekommen hatte: Isaak. Und wir wissen, daß Abraham ausziehen mußte aus dem Land seiner Väter: Ur in Chaldäa, Mesopotamien. Diese Gegend verließ er aufgrund einer Vision.

Als Gemeinde wissen wir, was wir daraus schöpfen konnten. Wir haben Bibelarbeiten darüber gemacht: Visionen empfangen, Visionen umsetzen, Visionen nicht verlieren, wie wir Visionen realisieren, Schwierigkeiten, die einem Visionär entgegenstehen, und manches mehr.

Wir sehen, Abraham hat empfangen, obwohl nicht nur Gutes über sein Leben geschrieben wird. Er war auch ein echter Versager. Und schon fühlen wir uns angesprochen. Da gehören wir doch dazu, oder? Und Gott handelt mit diesem Versager, denn er versagt nicht nur, sondern er vertraut seinem Gott. Er hatte immer versagt, wenn er seiner eigenen Taktik vertraute, wenn er seinen eigenen klugen Gedanken vertraute und seine Frau als Schwester ausgab, um seine eigene Haut zu retten, und manches mal mehr. Aber wir wissen auch aus dem Leben Abrahams, daß dieser Mann

Schweres durchmachen mußte, nachdem er empfangen hatte, was er im Glauben erbeten und erwartet hatte.

Dieser Mann hat 13 Jahre lang eine Verheißung in sich getragen, ohne eine weitere Rede von Gott zu hören. Manchmal ist es schwer als Christ, nur im Glauben zu leben, ganz ohne Zeichen. Aber darin liegt eine große Seligkeit, die deinen Glauben vertieft. Denn selig sind, die nicht sehen und trotzdem glauben. Das sagt der Herr Jesus Christus zu Thomas, und das gilt auch heute noch. Aber es kommt auch eine Zeit, da kommen die Zeichen, da erfüllt sich das Wort Gottes. Wir wollen uns nicht in übergroßer Demut mit einem zeichenlosen Glauben abplagen. Wir wollen das, was „dran" zu sein scheint, nicht unnötig vor uns herschieben, weil wir denken, das sei der rechte Glaube, der dem Herrn gefällt, wenn wir eben nichts sehen von dem, was Gottes Wort in unseren Herzen entfacht hat. Achte einmal darauf. Denkst du: So ist es anständig und gut, und es gefällt Gott, wenn du einen Glauben hast, bei dem sich keine Antwort des Himmels regt? Ich möchte dir Mut zusprechen! Gewöhne dich nicht an diese Haltung für den Rest deines Christenlebens, sondern bleibe angespannt in der Naherwartung!

Wir wissen, daß Abraham Schwächesituationen hatte. Er mußte sich nämlich selbst im Glauben stärken, in den Situationen, in denen seine Liebe zu Gott in eine Krise kam, weil das, was Er zusagte, nicht eintraf. Wenn es in meinem Leben Krisen gegeben hat, in denen es schwer war, Gott von Herzen zu lieben, dann waren es solche Situationen, wo ich um etwas gebetet hatte und sich die Antwort der Gebete dahinzog. Ich spürte, wie dieses lange Warten und Hoffen mein Herz krank machte. Mit einem kranken Herzen läßt sich schlecht feurig lieben, weil die Liebe im Herzen stattfindet. Und ein krankes Herz, das springt nicht und sagt „Juchhe". Sondern ein krankes Herz leidet und ist geschwächt und liegt darnieder, wird passiv und fängt an, wieder die Umstände zu beobachten, die sich offensichtlich entgegen dem Trend der Verheißungen Gottes entwickeln.

Wie heißt es in Römer 4: Und Abraham stärkte sich, indem er nicht seinen schon fast erstorbenen und dahinsiechenden alten Leib mit gut 80 Jahren und den erstorbenen Mutterleib seiner Frau Sarah anschaute: Wie soll hier noch ein Kind gezeugt werden? Sondern während er merkte, daß die biologische Realität sich zur Hoffnungslosigkeit entwickelte, richtete er seinen Blick auf zu Gott und stärkte sich, indem er Ihn erhob. So blieb er in der Naherwartung, daß Gottes Verheißungen sich erfüllen würden.

Ich denke, daß wir immer wieder Zeiten erleben werden, in denen unsere Erwartungen in Erfüllung gehen. Wir können nicht einmütig sagen: „Als gesamte Gemeinde werden wir uns in den nächsten Jahren in der Demut des Glaubens üben, der zwar erwartet, aber erst einmal nichts empfängt und sieht." Nein! Da werden Einzelne unter uns sein, die haben schon lange gewartet, und sie werden es heute erleben. Und da sind andere, die empfangen erst und werden in der nächsten Zeit, wenn sie sich noch ein wenig gedulden und nicht nachlassen in der Hoffnung, das Wirken Gottes erleben. Es wird sich ständig ablösen, das Empfangen des Wortes Gottes, das Entwickeln des Glaubens und das Warten im Glauben, und das Geprüftwerden im Glauben, die Wurzeln des Glaubens tief zu schlagen und in seiner Liebe gegenüber Gott nicht krank oder gar ironisch zu werden. Ich sprach kürzlich einen Mann, der innerhalb von acht Jahren insgesamt fünf Niedergänge seiner Gemeinde erlebt hat. Er kam in dieser Aufbaugemeinde zum Glauben, war feurig und voller Liebe. Ich erinnere mich, ich war nämlich damals vor acht Jahren in dieser Gemeinde und erlebte, wie er zum Glauben kam mit seiner Hippiefrau. Es waren Hippies, und ich weiß, ein Jahr später, als ich dort vorbeikam, war er feurig, hatte mittlerweile Gitarre spielen gelernt und sang vorne die Chorusse. Dann kam ein Niedergang nach dem anderen über diese Gemeinde. Und dieser damals junge Mann, der so voller Freude und den Herrn liebend und zu jeder Zeit bereit war, sich im Herrn zu freuen, hatte die Freude in seinem Leben verloren. Er saß dort in der 2. Reihe und war mittlerweile aus Mangel an Mitarbeitern in die Leiterschaft der Gemeinde hineingewachsen. Die bestand in den letzten zwei Jahren nur aus zwei Familien. Sie waren also mit sechs Leuten zusammen und hielten die Fahne dieser Gemeinde hoch. Als ich mit ihm sprach, merkte ich, wie er sich wiederholt ironisch über die göttlichen Dinge äußerte. Ich grüßte und fragte, wie es ihm gehe, und er sagte: „Na ja, wie soll es mir gehen?“ Ich merkte, in dieser kurzen Formulierung schwang ein gekränktes Herz mit. Ich sagte: „Was meinst du mit dieser Frage?“ Er: „Na ja, hast du nicht gehört?“ Ich: „Nein, ich hab nicht gehört“. Er sagte: „Hier ging es drunter und drüber. Ich bin der einzige von vor acht Jahren, der noch hier ist. Die anderen, die altgestandenen Christen, sind weggegangen. Nur ich bin übriggeblieben“. Und dann kam sein Satz, der mir gerade in den Sinn kommt: „Ich hab mir wohl so eine Art Galgenhumor zugelegt.“

Vielleicht können wir realisieren, was das ist: Was soll es, morgen sind wir tot; atmen wir die Luft, die wir noch atmen dürfen. Glauben wir noch an unseren Gott, der lebt, besuchen wir noch Gottesdienste, bevor es hier ganz und gar aus ist. Was soll's? Auf ein fehlendes Gebet, das nicht beantwortet wird, kommt es uns auch nicht mehr an. Ja, laßt uns mal beten, laßt uns noch ein Bibelstudium machen über ein neues Thema, als ob wir noch nicht genug wüßten. Galgenhumor im Reich Gottes.

Wir wissen, daß ein Mensch, der vom Versagen gepeinigt wird, sich in sehr unterschiedlicher Weise schützen kann. Eine der Formen ist Ironie. Man sagt Dinge lustig und meint sie bitterernst. Man versucht freundlich zu reden, meint es aber im Innern nicht mehr so. Man kann es auch nicht mehr so meinen, weil das Herz sich verändert hat. Gott konnte ihm nur noch so dienen, wie er es selber haben wollte.

Verwunderlich ist, daß Abraham durch diese ganze Zeit relativ gut hindurch kam. Sein Geheimnis war sein Aufschauen zu Gott. Wir sind hier zusammen, um aufzublicken zu Gott. Da sind Leute mit erhobenem Haupt unter uns, und es fällt ihnen leicht, Gott zu lieben. Wir haben vielleicht auch Leute mit gesenktem Haupt, die so schon einen schweren, längeren Weg zurückgelegt haben. Aber wir haben auch Leute mit einem geknickten Haupt, wo die Kraft fehlt, sich zu erheben. Wir sind hier zusammen, um unser Angesicht auf Gott zu richten. Gib deinem Herzen Zeit, wenn es dir nicht sofort gelingt. Gib dir selbst Zeit. Komm, laßt uns doch dem Herrn begegnen und sehen, wie Er ist, wie Er bis heute ist. Laßt uns sehen, ob äußere Dinge nicht etwa unseren biblischen Glauben verfälscht haben, ob Trends entgegen der Erhörungskraft Gottes nicht unser Herz beseelt haben. Laßt uns schauen, ob da nicht Dinge sind, die Gott uns in dieser Zeit sagen will, unabhängig von unserem ganz persönlichen Leid. Abraham hat seinen Sohn empfangen, und kaum hat er ihn liebgewonnen, kommt das nächste: Er mußte ihn opfern. Und plötzlich gewinnt diese Geschichte – in der Tat – prophetischen Charakter. Wir merken, die Bibel beschreibt hier nicht eine Familienchronik, die irgendwann gelaufen ist, und weil sie so imposant ist, wird sie festgehalten, sondern wir merken, daß hier zwei alte Leute, Abraham und Sarah, auf dieser Erde als Menschen eine Geschichte erleben, die sich später einmal im Himmel abspielen wird. Abraham ist ein Bild für Gott den Vater, und er empfängt auf wundersame Weise einen Sohn, einen einzigen Sohn, der der Verheißung nach gegeben worden ist, durch den Geist. Und Abraham, der diesen so lang ersehnten Sohn als Erfüllung seines Gebetes endlich empfängt, erhält die Weisung von seinem Gott: Gehe zu dem Berg Moriah und opfere ihn dort. Wir sehen plötzlich, daß hier ein alter Mann mit seinem 12 - 14 Jahre alten Sohn auf einen Berg geht, um ihn zu opfern. Diese Geschichte ist eigentlich, wenn man es zuläßt, herzzerreißend. „Vater“, sagt der Sohn, während sie den Berg hochgehen, „hier ist das Holz, dort ist das Feuer, aber wo ist das

Opfer?“ Das passierte einem Mann, der nach vielen Jahren des Glaubenskampfes endlich sichtbare Segnungen empfangen hat, weil Gott dem Glauben auch Zeichen gibt. Denn es gibt Zeichen, die folgen denen, die da glauben. So steht es in Markus 16. Und dieser Mann erlebt die Geschichte Gottes. Gemeinsam tragen sie Steine zusammen und bauen den Altar.

Wir sehen das Opfer Abrahams, der anfängt, seinen eigenen Sohn zu binden, und wir sehen diesen Jungen, der anfängt zu begreifen, was hier abläuft: Wir sehen keinen Widerstand, wir hören kein Geschrei, wir sehen einfach nur entwaffnetes Staunen, hilflos überwältigt zu sein von dem, was hier läuft, wie gelähmt wegen dem, was Vater Abraham tut. Wir sehen aber auch das Herz Gottes. Wir sehen dieses weinende Herz Abrahams, und wir sehen das weinende Herz Gottes, das nicht lassen kann, eine Welt zu lieben, die nicht nach Ihm fragt. Der es einfach nicht lassen kann, den Menschen zu lieben, um Ihm seine Liebe zu beweisen, der Opfer Seiner eigenen Liebe wird, Opfer an sich selbst, an Seinem eigenen Herzen, der Hand anlegt an den, den Er nach langer Zeit endlich empfangen hat, Seinen einzigen Sohn. Die Bibel schweigt dezent über die ewige Herkunft Jesu. Sie schweigt dezent über die Herkunft der Engel, wie sie gemacht worden sind und zu welchem Zeitpunkt. Wir können die Ewigkeit nicht fassen. Aber eines weiß ich: Gott zeigt uns Sein Herz, daß Er uns liebt und es nicht lassen kann, dich zu lieben, und bereit ist, diese Liebe zu dir unter allen Umständen aufrecht zu erhalten, denn es gibt nur eine Aufrechterhaltung der Liebe Gottes zu uns Menschen, das ist, den Menschen die Möglichkeit zu geben, in Seine Gegenwart zurückzukehren. Wir wissen um die Macht der Sünde. Aber Gott kann es nicht lassen – ich wiederhole den Satz noch mehrmals – Er kann es nicht lassen, dich zu lieben!

Das muß Er noch beweisen, daß Er es nicht lassen kann, dich zu lieben, egal wie es Ihn schmerzt, egal wie es Ihm das Herz zerreißt, Er kann es nicht, steht fassungslos da, staunt offensichtlich über sich selbst, daß Er Hand anlegt an Seinen einzigen Sohn, scheint wie benommen aus Liebe zu uns, so daß Er etwas tut, das Ihn zu einem Blut-Gott macht. Aber Er kann es nicht lassen, dich zu lieben. Diese Liebe hat Ihn getrieben, über menschliches Denken hinaus zu handeln. So gibt Er und zeigt Seine Liebe durch Jesus. Aber ich sage dir: Gottes Liebe ist einfallsreich, einfallsreich, einfallsreich, einfallsreich. Wer die erste Liebe Gottes erfassen will, muß hier stehen bleiben. Ich würde am liebsten sagen: „Gott, gib uns allen Deinen Geist, daß wir alle am Berg Moriah stehen und jede Sekunde in Zeitlupe miterleben, hineinschauen können in das Herz von Abraham und parallel einen Blick tun können in Dein Herz im Himmel. Laß uns erkennen, wie stark Deine Liebe zu uns ist. Eher richtest Du Deinen Sohn, als daß Du uns richtest, weil Du uns liebst. Eher siehst Du tatenlos zu, wie man Deinen Sohn auspeitscht, als daß Du uns verstößt. Eher siehst Du zu, wie sie ihren Spott mit Ihm treiben, Ihn anspucken, Deinen Sohn, Deinen einzigen, als daß Du uns verwirfst. Was ist das für eine Liebe in Deinem Herzen, Gott, zu uns? Warum hältst Du nicht inne? Wir sind es doch nicht wert! Wir haben doch so oft versagt und sind wie ein toter Sack, der Liebe nicht beantworten kann. Warum kannst Du es denn nicht lassen? Warum mußt Du das durchziehen, uns zu lieben?“

Gott kann es nicht lassen, dich zu lieben!

Ich weiß, daß es Leser gibt, die dies nicht fassen können mit ihrem Herzen, weil ihr Herz krank ist vor Selbstliebe. Und sie wissen gar nicht mehr, was sie tun sollen, wie sie sich noch lieben sollen. Ihnen fällt schon nichts Neues mehr ein. In ihrem Herzen ist kein Raum, um die Liebe, die Gott für sie hat, zuzulassen. Ach, wenn sie doch ihr geknicktes Haupt erheben würden und ihre Augen wieder auf den richten würden, der es nicht lassen kann, sie zu lieben. Es könnte etwas Neues beginnen, denn wir wissen, daß die Liebe Jesu zu uns kein Ende hat. Er ist infiziert von der Liebe des Vaters zu uns.

Er hatte den gleichen Geist wie der Vater. Er hat Ihn nicht verloren durch Sünde. Er brauchte keine Wiedergeburt. Er hatte die Liebe des Vaters zu einer verlorenen Welt in sich, und zwar durch den Geist von Gott. Und das ließ Ihn ungehindert seinen Weg gehen – den Weg des Kreuzes.

Er ist nicht gekommen, um aufzufallen, um eine Show zu machen oder besonderen Eindruck zu schinden. Seine Wunder und das, was Er tat, sind Randerscheinungen. Sein Hauptauftrag war, Liebe zu schenken durch das Kreuz. Da wollte Er Liebe beweisen. Und ich sage dir: Das Feuer der ersten Liebe hat eine andere Natur als manche andere Arten von Liebe, die uns Gott durch Seinen Geist vermitteln kann. Das Feuer zeigt, daß Liebe durch Gericht gehen kann und die Liebe dabei nicht verliert. Amen?

Die Botschaft dieses Kapitels geht noch in eine andere Richtung, aber hier wollen wir innehalten: „Komm, Vater, tu Dein Werk".

Ich sehe in Gesichten, wie sich die Hand Gottes auf ein gebeugtes Haupt legt. Diese Hand geht auf seinen Nacken und bleibt für einige Zeit dort. Ich sehe, wie das Haupt sich aufrichtet. Ich sehe, daß diese Handlung sich noch einige Male wiederholt. Wenn du dort stehst, und du spürst ein geneigtes Haupt in deinem Herzen, bitte doch, daß Gott Seine Hand auf dein geneigtes Haupt legt, denn du wirst Seine Liebe nicht erfassen können, wenn du nicht auf Ihn schaust. Du stehst hier vor Gott und hast Fragen in dir: „Warum, Gott? Wenn Du mich liebst, warum hast Du das zugelassen? Warum, Gott, ist so ein Leid in mein Leben gekommen? Warum muß gerade ich das durchmachen? Ich habe zu Dir gebetet. Ich habe Dir gedient. Ich habe mich für Dich eingesetzt. Ich habe Dich geliebt. Warum gerade ich?" Auf der Hand, die sich dem Menschen mit einem geneigten Haupt entgegenstreckt, steht jetzt „Trost". Trost, der alles Denken und alle Erklärung übersteigt: „Mein Kind, ich bin an diesem Abend durch mein Wort zu dir gekommen, um dich herauszureißen aus der Fixierung deines kranken Herzens. Ich weiß, daß du mich nicht verworfen hast. Ich höre dein Gebet, aber ich höre auch den kranken Ton deines Gebetes. Ich höre den Ton der Resignation. In deinem Herzen ist der Gedanke, daß ich an allem schuld bin, weil ich dein Gebet nicht erhört habe. Ach, mein Kind, wenn du aufblicken würdest wie Abraham, du würdest neu gestärkt werden. Du würdest abgewendet werden von der Schwachheit deines Lebens, von einer Schwachheit, die Not in dein Leben gebracht hat."

Wir nehmen uns jetzt eine Zeit vor Gott, weil einfach der Impuls da ist, die Hand Gottes zu suchen, die tröstet. Ich werde noch weiter fortfahren, aber jetzt ist ein Moment, in dem die Hand des Trostes dienen will. Gottes Kraft ist in der Weise jetzt hier. Wer das ergreifen kann und Glauben dafür hat, der soll jetzt beten, Gott antworten und den Trost des Heiligen Geistes zulassen.

Wir sind im Wort Gottes jetzt bei dem Feuer angekommen, bei dem Feuer der ersten Liebe. Wir spüren plötzlich die Bedeutung dieses Wortes Feuer. Wir merken, daß ein Mensch, der sich mit Gott einläßt, in seiner Liebe zu Gott geprüft wird. Und diese Prüfung geschieht auch durch Leid. Aber lies einmal die Botschaft dieses Textes, wodurch dieser Akzent hineinkam. Wir wissen, wie diese Geschichte ausging. Wenn wir in unserer Beziehung zu Gott mit der ganzen wunderschönen Anfangsliebe eingestiegen sind: „Halleluja nach links, nach rechts, nach oben und nach überall hin, und alles ist gut, Gott hat mich lieb." So merken wir plötzlich, wie der Anspruch des ersten Gebotes anfängt in unserem Leben zu greifen: ***Du sollst Gott lieben von ganzem Herzen, von ganzer Seele, mit ganzem Verstand, mit all deinem Sein.*** Das ist ein Anspruch, den keiner erfüllen kann, aber Gott hat Seinen Geist gesandt. Gott hat

Seinen Geist gegeben, um uns in die Erfüllung dieses Gebotes hineinzuführen. Und manchmal führt uns der Geist Gottes derart in die Wahrheiten des Wortes Gottes hinein, daß wir in eine leidvolle Situation kommen. In dieser Phase ist es absolut wichtig, an der Führung des Geistes festzuhalten und nicht das Leid mit seinen ganzen Signalen als die letzte Botschaft Gottes zu akzeptieren, denn wir Menschen können uns an alles gewöhnen. Die Bibel unterscheidet sehr wohl zwischen verschiedenen Arten des Leids. Da ist einmal das Leid, das uns andere Menschen zufügen, und dann das Leid, das durch unser eigenes Verschulden in unser Leben kommt. Aber es gibt auch das Leid, das Gott zuläßt, um unser Leben zu prüfen. Jesus lehrte Gehorsam:

Ein Mensch, der sich mit Gott einläßt, wird in seiner Liebe zu Ihm geprüft.

> ***Wenn ihr mich liebt, so werdet ihr meine Gebote halten; Wer meine Gebote hat und sie hält, der ist es, der mich liebt; wer aber mich liebt, wird von meinem Vater geliebt werden; und ich werde ihn lieben und mich selbst ihm offenbaren.***
>
> Johannes 14, 15 + 21

Mit dem Leid, das um Gottes Willen geschieht, ist nicht nur gemeint, daß wir von Ungläubigen belächelt werden, weil wir vor ihnen den Namen Jesus bekannt haben, sondern es meint auch das Leid um Gottes Willen, der unser Leben und unsere Liebe prüft. Es ist leicht zu lieben, so lange die Verhältnisse geordnet sind und alles gesund und rund läuft. Es ist leicht, diese Liebe dann noch aufrecht zu erhalten. Aber was läßt denn die Liebe zwischen zwei Menschen erkalten, wenn nicht Mißstände, Probleme und Nöte? Das sind doch die Prüfsituationen für Liebe. Die Bibel sagt uns deutlich, daß jeder Christ durchs Feuer gehen muß, und damit ist nicht das letzte Weltengericht gemeint, sondern das Feuer Gottes, das während der Zeit unseres Lebens von Ihm ausgeht.

Darin jubelt ihr, die ihr jetzt eine kleine Zeit, wenn es nötig ist, in mancherlei Versuchungen betrübt worden seid, damit die Bewährung eures Glaubens viel kostbarer befunden wird als die des vergänglichen Goldes, das durch Feuer erprobt wird, zu Lob und Herrlichkeit und Ehre in der Offenbarung Jesu Christi.

1. Petrus 1, 6f

Jeder kommt durch Lebensabschnitte, in denen sein Leben und seine Liebe zu Gott geprüft wird. Und je nachdem, welchen Auftrag du hast, in welche Herausforderung Gott dich gestellt hat, wirst du in der Liebe zu Gott geläutert und gereinigt durch das Feuer, das Er zuläßt. Seine Absicht ist nicht, dich zu quälen, sondern die alles übersteigende und verändernde Kraft Seiner Liebe in dir Gestalt gewinnen zu lassen. Es ist die Liebe von Gott, die durch uns Menschen von falschen Wegen abbringen kann. Es ist die Liebe von Gott, die Menschen daran hindern kann, an der Verstockung ihres Herzens festzuhalten. Es ist die Liebe von Gott, die Menschen auf ihr Angesicht wirft und sie erkennen läßt: „Ich bin falsch gegangen und will Buße tun.“ Es ist ein Geheimnis, wenn durch einen Christen durch das Feuer geprüfte Liebe Gottes weitergereicht wird. Sie hat eine andere Qualität als bei jemandem, der die Liebe des Geistes Gottes empfangen hat, aber bei dem die Liebe noch nicht durch das Feuer gegangen ist. Diese Liebe ist sanft, erleichternd und Geborgenheit vermittelnd, wenn sie anfängt zu wirken. Sie kann beschwichtigen, sie kann vorübergehend erheitern, segnen und aufrichten. Aber die Liebe, die durch das Feuer geprüft wird, verändert Menschen in der Tiefe ihres Herzens. Wenn du ein Christ bist, der sagt: „Gott, laß mehr von Deiner Herrlichkeit durch mein Leben gehen“, dann wird Sein Feuer kommen. Es wird vorsichtig kommen. Jedes

Das Leid, das unsere Beziehung zu Gott vertieft, hat einen Sinn.

Feuer beginnt klein, aber dann wird es anfangen, zu brennen und zwar überall dort, wo es in deinem Leben Nahrung findet. Denn das erklärt uns 1. Korinther 3 ganz deutlich, daß das Feuer, wenn es kommt, anfängt zu verbrennen: Stoppeln, Heu, Stroh, Holz. Alles, was brennbar ist, fängt an zu brennen. Und manch einer ist tief erschüttert, wenn das Feuer kommt. Aber ich will dir etwas sagen: Dahinter steht Gott, der dieses Feuer gesandt hat. Das Feuer kommt nicht als Gericht wegen deiner eigenen Sünden, an denen du leidest.

> ***Denn niemand von euch leide als Mörder oder Dieb oder Übeltäter oder als einer, der sich in fremde Sachen mischt; wenn er aber als Christ leidet, schäme er sich nicht, sondern verherrliche Gott in diesem Namen! Denn die Zeit ist gekommen, daß das Gericht anfange beim Haus Gottes; wenn aber zuerst bei uns, was wird das Ende derer sein, die dem Evangelium Gottes nicht gehorchen? Und wenn der Gerechte mit Not errettet wird, wo wird der Gottlose und Sünder erscheinen? Daher sollen auch die, welche nach dem Willen Gottes leiden, einem treuen Schöpfer ihre Seelen anbefehlen im Gutestun.***
>
> 1. Petrus 4, 15-19

Das Leid, das unsere Beziehung zu Gott vertieft, hat einen Sinn. Wir sehen, wie Abraham diesen Weg nicht zu Ende gehen muß. Hier fängt das Evangelium an!

> ***Und Abraham streckte seine Hand aus und nahm das Messer, um seinen Sohn zu schlachten. Da rief ihm der Engel des HERRN vom Himmel her zu und sprach: Abraham, Abraham! Und er sagte: Hier bin ich! Und er sprach: Strecke deine Hand nicht***

aus nach dem Jungen, und tu ihm nichts! Denn nun habe ich erkannt, daß du Gott fürchtest, da du deinen Sohn, deinen einzigen, mir nicht vorenthalten hast.

1. Mose 22, 10-12

Dieser Mann ist seinen schweren Weg gegangen, und die Reise, die ihn weit führte, war eine Reise, bei der jeder Meter, den er ging, tief in seinem Herzen, tief in seiner Seele weh tat, weil er der Not und dem Ziel der Not entgegenlief. Wir rennen gerne vor der Not davon, haben quasi das Ziel, dem Leid zu entgehen, das durch eine Zulassung Gottes in unser Leben gekommen ist.

Bei Abraham war es so, als ob er nicht anders konnte, als direkt in das Leid hineinzulaufen. Ich kenne das aus meinem eigenen Leben. Wie gerne wäre ich manchem Leid davon gelaufen, aber ich konnte nicht. Es war in der Zulassung Gottes, weil ich gebetet habe: „Gott, von Dir möchte ich nicht lassen, ich will bei Dir bleiben, bitte, halte mich fest! Laß erfüllt werden, daß mich nichts aus Deiner Hand reißen kann, nichts, Herr.“ Und so blieb ich in dem Leid, und es schien so, als ob das Leid mich überfordert, als wenn es mich kaputt machen wollte. Aber unser liebender Herr versucht uns nicht über unser Vermögen mit Seinem Feuer.

Gott ruft Sein „Halt!“ in unsere Not hinein.

Und dann erlebt Abraham unsere Geschichte. Er muß die Geschichte des Gottesleidens nicht durchmachen. Wir wissen, daß Abraham, als er seinen Sohn auf dem Altar gelegt hatte, das Messer nahm und die starren Augen seines Sohnes durchleiden mußte, der ihn fragend anschaute. Das steht alles in diesen jungen Augen: „Was machst du da, wie ist das gemeint?“ Augen, vielleicht mit Tränen angereichert, die fragen: „Vater, ich verstehe nicht mehr deine Liebe und das, was hier läuft, das paßt nicht mehr zusammen mit meinem kindlichen Glauben. Vater, was soll das?"

Abraham nahm sein Messer, hob es an, und in seinem Herzen kam letztendlich der Ruck. Das Feuer der Liebe kommt zum Letzten in seinem Willen, er will ihn töten.

Doch dann kommt das Evangelium: „Halt!"

Ich möchte dir sagen, der du leidest, es gibt ein **„Halt!"** vom Himmel für dich. Es gibt eine Botschaft, die ein anderes Ende setzt, als was das Leid plakativ demonstriert und die Angst in Seele und Knochen jagt. Das ist die andere Botschaft des Himmels: Wir werden dieses Leid nicht bis zum Exzeß durchlaufen. Gott kennt unsere Grenzen. Gott weiß, wie weit Er gehen kann. Er läßt das Feuer brennen, so weit Er es vorhergesehen hat, um die Tiefe der Liebe dieses Menschen zu Ihm zu erneuern. Manchmal braucht der Mensch so ein Evangelium, daß Gott ihm ein „Halt!" zuruft, weil er sich zutiefst mit dem Leid abgefunden hat. Ein Mensch, der schon erwartet, daß das kommende Jahr auch ein Jahr mit viel Leid sein wird, ist leidensgläubig geworden und nicht gottgläubig. Gott ruft Sein „Halt!" in unsere Not hinein. Hallelujah! Aus solch einem Hintergrund des Leides wird uferlose Freude entstehen.

Das Feuer der ersten Liebe, möge es brennen, möge es durch unser Leben gehen, damit unser Herz offenbar werde, damit deutlich wird, was bei uns zu verbrennen ist. Wir sagen immer: „Gott, verändere mein Leben!" Dabei haben wir nur eine seichte Vorstellung, wie das ablaufen soll, so eine sanfte Schonungslösung aus der 7. Etage des Himmels. Und plötzlich entdecken wir, daß Gott uns beim Wort nimmt, daß Er anfängt, unser Herz zu prüfen. Warum? Er will mit Seiner Liebe in deinem Herzen wohnen. Und wenn da Sperrmüll drin ist, dann kommt Er mit Seinem Feuer. Wenn du es zuläßt, dann wird Er dich hinführen zu dem wunderbaren Gebot: ***Du sollst Gott lieben von ganzem Herzen.*** Das kann keiner. Die Liebe Gottes muß in dein Herz ausgegossen werden.

> ***Die Hoffnung aber läßt nicht zuschanden werden, denn die Liebe Gottes ist ausgegossen in unsere Herzen durch den Heiligen Geist, der uns gegeben worden ist.***
>
> Römer 5, 5

Dies ist der zweite Punkt in dieser Botschaft.

Da kommt einer, der „Halt!“ ruft. Ich wiederhole mich nochmal, weil es immer wieder Leidensgläubige gibt, die sich mit ihrem leidvollen Leben der Vergangenheit abgefunden haben. Sie können gar nicht fassen, daß Gott für sie ein „Halt!“ hat wie bei Abraham.

Lieber Christ, verwechsle dein Liebesopfer nicht mit dem Opfer Jesu. Dein Leid bewirkt Läuterung, Jesu Leid brachte unsere Erlösung. Glaube, daß dein Leid, das ein Feuer Seiner Liebe in dir bewirkt, ein „Halt“ Gottes bekommt. Bedenke, bei Jesus hat keiner „Halt!“ gerufen, da haben sie alle mitgeschrien: „Kreuzige ihn!“. Sie haben noch gesagt, um eins oben drauf zu setzen: „Wo ist die Macht Gottes? Soll er sich doch selbst helfen“. Das hat die Sünde aus dem Fleisch der Menschen geschrien. Da war keiner, der „Halt!“ rief.

Er ist zu beweinen in dieser Phase Seines Dienstes an uns. Wir sollten, je länger, je mehr, unser Glück begreifen, daß wir einen liebenden Gott haben. Je länger, je mehr. Leute, wir haben so ein Glück. Glück kommt von Gelingen. Da ist so ein Gelingen vom Himmel zu uns gekommen. Gott hat uns aus dem Feuer gezogen durch Jesus. Sonst würden wir verbrennen. Dadurch, daß Jesus zu uns gekommen ist, wird das Feuer Seines Geistes irgendwann

Stop machen bei dem neuen Leben in uns, denn das ist nicht brennbar. Es kann nicht verbrennen, weil es ewig ist, das ist gesund, das ist gut. Darauf kann Gott aufbauen. Wir sollten sagen: „Komm mit Deinem Geist, wenn ich irgendwo trocken geworden bin in meinem Herzen. Da ist noch Raum für Dich. Füll ihn aus! Komm mit Deinem Geist und auch mit Feuer. Hauptsache, Du gewinnst Raum in mir." Dann ist die Frage an dich: Willst du wirklich, daß Gott durch Jesus Christus in dir Gestalt gewinnt? Dann kann man wirklich inmitten des Leides sagen: „Oh, ich will nicht auf die Umstände schauen, sondern mich stärken in Ihm. Er hat das Opfer gebracht, da brauche ich nichts mehr zu bringen. Ich werde mir nicht einbilden, daß ich ein Opfer für Gerechtigkeit bringen kann. Ich werde mir nicht einbilden, daß ich durch mein Leid irgendwelche Sünden ausgleiche. Ich werde mir nicht einen Funken einbilden, daß irgend ein Teil des Feuers irgendeine Gerechtigkeit herstellt, die ich durch mein Leiden tapfer mitgestaltet habe. Nein, vielmehr werde ich sagen: Herr, gib mehr Wind in den Ofen Deines Feuers, komm mit dem Wind des Geistes. Mir scheint, das Feuer, das meine Liebe zu dir reinigen soll, glimmt nur in mir. Gib doch mehr davon. Laß es wirken, Herr."

Dein Leid bewirkt Läuterung – Jesu Leid brachte unsere Erlösung.

Wir wollen glauben, was im ersten Petrusbrief 4, 12f steht:

> ***Geliebte, laßt euch durch das Feuer der Verfolgung unter euch, das euch zur Prüfung geschieht, nicht befremden, als begegne euch etwas Fremdes; sondern freut euch, insoweit ihr der Leiden des Christus teilhaftig seid, damit ihr euch auch in der Offenbarung seiner Herrlichkeit jubelnd freut!***

Kapitel 2
Wie Gott liebt (2)

Als Einstieg haben wir einen alttestamentlichen Text betrachtet und sind der Frage nachgegangen, wie Gott liebt, weil wir das Feuer der ersten Liebe wahrhaft erkennen wollen. Wenn wir wissen wollen, wie diese Liebe handelt, was sie im Stande ist zu tun, dann sollten wir uns das Original bei Gott selbst anschauen. Wir haben das alttestamentliche Bild von Abraham betrachtet, wie er in seiner Liebe zu Gott gehorsam und bereit war, seinen einzigen, verheißenen Sohn Isaak zu opfern. Wir haben darin ein Abbild gesehen von dem, was im Himmel geschah, als Gott, der Vater, Seinen einzigen Sohn gab, um ihn für uns zu opfern, damit unsere Beziehung zu Gott wiederhergestellt werden kann. Wir haben den einen Satz immer wieder gehört: Gott konnte es nicht lassen, uns zu lieben, egal wieviel es Ihn gekostet hat. Er konnte es nicht lassen, uns zu lieben.

Wie lieben, weil Er uns zuerst geliebt hat.

Nun wollen wir einen anderen Text betrachten, der hier weiterführt, und zwar aus dem Neuen Testament: 1. Johannes 4, 19.

Wir lieben, weil er uns zuerst geliebt hat.

Da ist nur ein schöner Satz nachzulesen, aber er trifft tief und zeigt die Wahrheit, wie das Feuer der ersten Liebe in unseren Herzen neu, zum erstenmal und wiederholt in uns entflammen kann.

Das ist zugleich eine Marschrichtung, wie ein Mensch, der ins Reich Gottes gekommen ist, dadurch, daß er sich für Jesus entschieden hat, entflammt werden kann zu einer tiefen, dauerhaften, krisenüberstehenden Liebe. Zu einer Liebe, die in deinem Leben, in deiner Seele, in deinem Gemüt, in deinem ganzen Sein eine Verwurzelung gefunden hat. Es beginnt immer damit, daß zunächst etwas von Gott ausgeht, das zu uns kommt. Erst das, was von Gott zu uns kommt, befähigt uns wiederum, das widerzuspiegeln, was Gott uns geschenkt hat. Kein Mensch, kein Christ ist in der Lage, aus eigener Kraft Gott zu lieben. Alles ist ein Ersatz, eine Kopie, ein Versuch, als ob.Wir nennen es Liebe, aber wahre Liebe zu Gott lernen wir erst kennen, wenn Er uns zuerst liebt. Ein Christ, der Gott lieben will, muß zu allererst lernen, sich von Gott lieben zu lassen. Das ist eine ganz einfache Botschaft.

Nimm einfach mal diesen Höhepunkt vorweg. Denk mit in dieser Dimension. Du kannst Gott nur wahrhaft lieben, wenn du dich zuerst von Gott lieben läßt.

Entdecke einmal, wie Gott uns liebt. Es ist eine verborgene Liebe Gottes gewesen, als Er sich von Seinem Sohn Jesus Christus trennte. Von dieser Liebesaktion Gottes haben wir nichts mitbekommen. Keiner von uns stand an dem Thron Gottes und sah zu, wie das Vaterherz Gottes mit Schmerz erfüllt wurde, als Er sich von Seinem Sohn trennen mußte. Er tat es, weil Er uns so sehr liebte. Aber Er wußte, Er konnte Seine Liebe der Gerechtigkeit wegen nur zu uns bringen, wenn Er einen Weg dafür schafft. Die Liebe Gottes, die durch Jesus Christus zu uns gekommen ist, ist für uns nur im Glauben faßbar, weil diese Liebe ihre Wurzeln im Himmel hat und dort auch ihren Schmerz ausgeblutet hat. Dort ist der Vater, Gott, in diesem Feuer Seiner Liebe zu uns durch ein tiefes Vaterleid gegangen, das Ihn zu der Bereitschaft brachte, uns Seinen einzigen Sohn zu geben. Keiner hat diese Liebe von Gott je berührt oder je empfangen, die er damals für uns empfand. Aber es gab einen Zeitpunkt, wo diese Liebe von Gott offenbar wurde. Einmal

Gott liebt, indem Er gibt. Er mußte sich von Seinem einzigen Sohn Jesus Christus trennen.

geschichtlich, als Jesus auf diese Erde kam und in Seinem 30. Lebensjahr anfing, zu den Menschen zu reden. Wir können so dankbar sein, daß diese Reden notiert worden sind, daß wir sie nachlesen können, denn dadurch können wir teilnehmen an der Liebe Gottes zu uns. Aber wir wissen, daß die Zeit Jesu, als Er in Liebe auf dieser Erde zu uns redete, nur kurz währte. Dreieinhalb Jahre, so in etwa ist die Zeit nachzulesen im Neuen Testament. Und dann ist Jesus wieder aufgefahren gen Himmel. Es ist sehr schwer, Worte zu lesen, die Liebe vermitteln wollen, ohne daß man die Stimme hört, die dieses sagt. Wir wissen, daß auch wir dieses Wort sehr unterschiedlich an einen Mitmenschen weitergeben können. Die gleiche Formulierung, die gleiche Satzstellung, die gleiche Wortwahl: „Ich liebe dich." Und doch können wir einen tausendfältigen Ton und Geist in dieser Formulierung mitschwingen lassen. Deswegen reicht es nicht aus, innerhalb der Heiligen Schrift nachzuvollziehen, daß dort Sätze geschrieben sind, daß Gott uns liebt. Wir wissen nicht und können nicht spüren, in welch einem Ton dieser Satz gesagt worden ist. Wir haben es nicht mit unseren eigenen Ohren, mit unseren eigenen Herzen prüfen können, als Gott durch Seinen Sohn sagte: „Ich liebe euch." Es war nur eine Information, die zu uns kam. Es ist, als wenn du das erste mal einen Liebesbrief von einem Menschen liest, den du nicht kennst. Vielleicht ist da jemand, der ihn kennt. Ich bleibe bei diesem Bild. Da ist jemand, der ist Christ. Er sagt, er liebt Gott, und du fragst ihn: „Wieso weißt du das, daß du Gott liebst?" „Ja, weil Er mich zuerst geliebt hat." „Wie ist denn die Liebe Gottes zu dir gekommen?" „Ich hab sie in diesem Buch gelesen." „Zeig mal her". Das wäre gerade so, als wenn dir dein Freund erzählt: „Ich habe eine Freundin, und die liebt mich." „Woher weißt du das?" „Sie hat es hier in diesem Liebesbrief beteuert, den ich heute mit der Post bekam." „Gib mal her."

Wir merken, das Wort Gottes wird nicht persönlich nur durch die Information. Es braucht etwas anderes, das ausgehen muß von

Gott und uns erreicht, damit wir wirklich spüren: Diese Liebe ist keine theoretische, keine Rundumschlagliebe für alle Menschen auf der Welt. Irgendwie sind wir nur eine Nummer. Wir sind zwar erfaßt und gemeint, aber ob wir wirklich jemandem wichtig sind, bleibt offen. Diese Liebe braucht eine persönliche Zuwendung. Nur dann kann sie greifen. Und ich sage euch etwas: Es gibt eine Liebe Gottes zu Seinem Sohn. Und doch gab es etwas, das offensichtlich die Liebe zu Seinem Sohn für einige Zeit überstieg. Das war die Liebe zu uns, als Er Seinen Sohn hingab und Schmerzen durchlaufen ließ, Ihn in die Finsternis kommen und in Versuchung kommen ließ. Und in das Risiko, daß auch Er schwach werden und ein Sünder werden könnte und für ewig von Ihm getrennt sein würde. Er ging dieses Risiko ein. Er wollte uns Menschen nahe kommen und uns vermitteln: „Ich liebe dich! Ich liebe euch!" Als Jesus von den Toten auferstanden war, als Er gen Himmel auffuhr, da haben wir im Geist einen überglücklichen Vater im Himmel vor Augen, der aus lauter Liebe zu uns Menschen einen neuen Weg gebahnt hat. Ich hätte gern die Manifestation Seiner Liebesfreude gesehen, als Jesus in den Thronsaal trat. Sein Sohn, den Er unter Schmerzen hergegeben hatte. Zuvor hat Er Seine Liebe darin gezeigt, daß Er den Sohn gegeben hat. Jetzt aber hat Er eine Liebe, die mit Freude empfängt. Sie empfängt wieder Seinen einzigen Sohn. Vielleicht war es so wie beim verlorenen Sohn, als der Vater geschaut hat: Wann kommt er, wann kommt er? Jesus ist verloren gewesen unter unserer Schuld. Er hat den Tod gesehen. Das war schlimmer als der Fraß bei den Schweinen. Den Tod, als Folge der Sünde, hat Er durchlitten – um unseretwillen. Aber Sein Sohn kehrte zurück. Er kehrte zurück. Ich hätte diese Umarmung gerne miterleben wollen. Der Vater Gott umarmt Seinen Sohn. Wie lange dauerte die Umarmung wohl? Wie lief sie ab? Wie haben sie sich verhalten? Wie viel Seriosität haben sie noch mitschwingen lassen? Oder war es ein emotionaler Ausbruch des Himmels? Jubelndes Hallelujah der Engel? War es lauter als die Begrüßungsworte von Vater und Sohn, und der Vater sagt: „Ich verstehe Dich nicht, Moment mal, die sind so laut, die freuen sich ja alle so sehr!“ Auf jeden Fall muß es ein großartiger Moment gewesen sein, als die Liebe Gottes und die Liebe Seines Sohnes ihr Werk vollendet hatten: die Liebe zu uns. Als der Schmerz der Liebe vorbei war und die Überwinderliebe Jesu ihr Ziel erreicht hatte.

Und dann sehe ich im Geist, was mich immer interessierte, nämlich was nach der Himmelfahrt im Himmel geschah. Ich bin irgendwie neugierig auf den Himmel – ich will da mal hin, und je mehr ich schon vorher weiß, um so besser. Ich würde gerne mal ein Video aus dem Himmel bekommen. Einmal sehen, wie es da ist, damit ich vorbereitet bin.

So lesen wir das Wort Gottes und erahnen, wie der Himmel ist. Ich war immer neugierig auf die Stellen, die mir etwas über den Himmel verraten. Und eine meiner großen Fragen war, wie kann ich von etwas im Himmel sprechen, das man nur durch Offenbarung sehen kann? Was ich mir hier jetzt andeutungsweise erlaubt habe darzulegen, ich bin sicher, ich hab's nicht getroffen. Es ist großartiger, als ich es sagen kann. Aber so stelle ich es mir vor. Was geschah in den darauffolgenden Tagen, als Jesus in den Himmel einkehrte? Nach unserer Zeitrechnung am ersten, zweiten, dritten, vierten oder fünften Tag? Was war da im Himmel? Haben sie sich immer noch umarmt? Haben sie sich immer noch nicht losgelassen? Haben sie einen Reigentanz gemacht im Himmel? Haben sie sich gefreut? Haben sie in die Hände geklatscht? Haben sie gejauchzt? Weil das Großartigste, das diese Welt je erlebt hat, vollbracht worden ist, nämlich, daß Gott eine Möglichkeit geschaffen hat, Seine Schöpfung, Seine Menschen wieder zu sich ziehen zu können. Was für ein Triumph nach Jahrhunderten, Jahrtausenden des Fragens und Wartens: Wie überwinden wir die Macht der Sünde, die den Menschen, den wir so lieben, von uns getrennt hat?

Und dort ist es geschehen. Das Opfer ist vollbracht. Gott kann jetzt rechtens, in Gerechtigkeit Menschen frei sprechen, kann sie in den Bann Seiner Liebe ziehen, in aller Freiwilligkeit, in aller Offenheit. Und jetzt geht Er los und will irgendetwas tun – ich rede menschlich. Wahrscheinlich würde ich so handeln und folgendes sagen: „Mein Sohn, mein Sohn, ich will dich jetzt beschenken. Du bist parallel gegangen mit meiner Liebe. Du bist durch das Feuer der Liebe gegangen für das, was ich empfunden habe. Du warst mit mir vereint. Du hast mir meinen Herzenswunsch erfüllt. Ich kann die Menschen wieder lieben, ohne daß etwas zwischen ihnen und mir steht. Ich kann den unreinen, unheiligen Menschen wieder begegnen und sie annehmen. Ich möchte dir etwas schenken. Eigentlich besitzt du ja schon alles. Ich möchte dich teilhaben lassen an dem, was ich auch liebe. Ich möchte dir etwas geben, das ich nicht haben kann, das nur du haben kannst. Eine alles übersteigende Liebe soll dich erfüllen. Ich will dir aus diesen Menschen eine Braut bereiten, und die soll dich beglücken von Ewigkeit zu Ewigkeit."

Ich führe noch einmal diesen Text an, der uns ein Gefühl vermittelt von dem, was im Himmel abläuft:

> ***Der HERR, der Gott des Himmels, der mich aus dem Haus meines Vaters und aus dem Land meiner Verwandtschaft genommen und der zu mir geredet und der mir dies geschworen hat: Deinen Nachkommen will ich dieses Land geben, der wird seinen Engel vor dir hersenden, daß du eine Frau für meinen Sohn von dort holen kannst. Wenn aber die Frau dir nicht folgen will, so bist du frei von diesem Schwur. Nur sollst du meinen Sohn nicht dorthin zurückbringen! Und der Knecht legte seine Hand unter die Hüfte Abrahams, seines Herrn, und schwor ihm auf dieses Wort. Dann nahm der Knecht***

zehn Kamele von den Kamelen seines Herrn und zog hin und nahm allerlei Gut seines Herrn mit sich.

1. Mose 24, 7ff

Wir sehen hier die Familiengeschichte von Abraham, der einen Wunsch hatte: Er wollte seinem einzigen Verheißungssohn eine Braut zuführen. Wir sehen hier jemand, der seinen Sohn liebt und auch die Bedürfnisse seines Sohnes registriert hat, und der über Mittel und Möglichkeiten verfügte, seinem Sohn solch ein Geschenk zu machen.

Und plötzlich sind wir im Himmel und sehen in den Thronsaal Gottes nach der Himmelfahrt. Wir sehen, daß die Umarmung zwischen Vater und Sohn irgendwann aufgehört hat, und daß die Engel so langsam wieder anfangen sich zu beruhigen und so etwas wie eine heilige, freudige Atmosphäre entsteht. Und wie der Vater in seiner überschwenglichen Liebe jetzt etwas mitteilen will: Mein Sohn, mein Sohn, ich will dich beschenken, ich bereite dir etwas ganz Großartiges vor. Ich bin ganz erregt über diesen famosen Gedanken: Ich will dich über die Maßen mit Liebe beschenken von denen, die ich liebe. In meiner Liebe will ich mich freuen, daß du geliebt wirst, von denen, die ich liebe. „Knecht, komm her."

Was ist das für ein Knecht, den der Abraham hier ruft? Es ist der Knecht, der alles, was er besaß, verwaltete. Alles. Wir wissen aus dem alttestamentlichen Ereignis, daß der Name dieses Knechtes Elieser ist, und daß er der Sachverwalter der gesamten Güter Abrahams war. Und plötzlich rückt die Deutung dieses Knechtes in den Himmel hinein. Wir lesen im Johannes-Evangelium, im 16. Kapitel ab Vers 7, daß Jesus davon spricht, daß jemand kommen wird, nämlich der Sachverwalter.

Er wird an Seiner Statt auf diese Erde kommen. Einige sagen jetzt: „Wie kannst du das tun? Den Heiligen Geist mit einem Knecht zu vergleichen?“ Ich möchte dir sagen: Gott ist auch demütig. Mit Seinem Sohn Jesus Christus hat Er uns gezeigt, daß Er in der Lage ist, Knechtsgestalt anzunehmen, um auf diese Erde zu kommen, um Mensch zu werden wie du und ich.

Und so ist es auch Jesus, der den Heiligen Geist darstellt als einer, der eine Arbeit tut. Ein Knecht ist berufen zu arbeiten. Und so ist Er der Sachverwalter des Evangeliums Jesu Christi, der Sachverwalter des Liebesauftrages Gottes. Und der Vater im himmlischen Thronsaal ruft Seinen Hauptknecht zu sich: „Heiliger Geist, komm. Ich habe etwas auf dem Herzen, und ich möchte Dir diesen tiefen Herzenswunsch übertragen.“ Und Er fängt an und sagt zu Ihm: „Bitte hole meinem einzigen Sohn eine Braut. Nicht von hier, aus dem Land der Verheißungen.“ Wir wissen, daß Kanaan auch eine Deutung für den Himmel ist. „Nicht von hier, aus dem Himmel, sollst du mir eine Braut holen für meinen einzigen Sohn, sondern geh aus von diesem Reich. Geh dort hin, wo meine Verwandtschaft ist.“ Und die Menschheit ist Verwandtschaft Gottes, denn aus Gott ist sie geworden. Wir zeugen biologisch, Eizelle und Samen. Gott zeugt durch Seinen Geist. **Und er nahm Materie von dieser Erde und blies seinen Geist hinein, und der Mensch wurde eine lebendige Seele**, so lesen wir in 1. Mose 2, 7.

Wir können erkennen, daß Gott auch in diesem Wort sich mit uns, von unserem Ursprung her, verwandt fühlt. „Hole aus meiner Verwandtschaft eine Braut für meinen einzigen Sohn, und damit du dieses tust, genau diesen meinen Auftrag, bitte ich dich: Komm, und lege deine Hand unter meine Hüfte und gelobe mir, daß du es tust.“

Und der Heilige Geist tritt herzu und gelobt – menschlich gesprochen – unter der Hüfte des Vaters im Himmel: „Ich werde es tun.“ Aber Er stellt eine Frage: „Was ist, wenn die durch übernatürliche Führung erwählte Braut nicht mitkommen will?“ Da spricht der Vater: „Dann bist du deines Gelöbnisses ledig, entbunden.“

Plötzlich spüren wir eine Tiefe in dieser Botschaft und in diesem Auftrag des gegenwärtigen Gottes auf dieser Erde, des Heiligen Geistes, der uns die Liebe Gottes bringt und die Liebe Seines Auftrages in unser Herz senken will. Wir sehen hier gleichnishafte Parallelen. Hier läuft es irdisch mit 10 Kamelen, und die können was tragen. Der Heilige Geist bepackt sie mit dem Gut des Himmels, mit Geschenken, Gold und Silber und was Er dort gerade greifen kann, und macht sich auf den Weg. Der Geist Gottes ist nicht mit leeren Händen auf diese Erde gekommen. Er ist gekommen mit Gütern des Himmels. Er ist gekommen mit Gaben und Geschenken. Er ist gekommen, um unsere Aufmerksamkeit zu gewinnen für Seinen ureigenen Auftrag. Denn Sein ureigener Auftag war nicht: Geh auf die Erde, gib den Menschen geistliche Gaben, überschütte sie mit Gütern, und dann kehre zurück. Nein, der Auftrag des Geistes Gottes ist: Geh hin, und bringe eine Braut. Das ist der Auftrag. Das andere ist Begleiterscheinung, nicht unwesentlich, aber Begleiterscheinung.

Wir lesen hier in diesem Text, daß Elieser losgeht. Eine lange Reise. Auf der antiken Karte kann man nachlesen: etwa 500 km, auf steinigen Wegen in gebirgigen Wüstengebieten. Nach dieser langen Reise kommt er an und beginnt, seiner Tätigkeit nachzugehen. Skizzenhaft beschreibt die Schrift hier die Handlung des Knechtes. Ich könnte der einen oder anderen Passage abringen, daß er nun sagt: „Nun, Herr, schenk doch dein Gelingen an diesem Brunnen." Als ob Er sich schon vorher bemüht hat, sie zu gewinnen und hinzuführen. Er wählt in Seinem Herzen ganz bestimmte Verhaltensweisen aus, daß doch Gott im Himmel Elieser diese Gnade schenkt, zu erkennen, wer es denn ist. Und so wissen wir aus der Heiligen Schrift, dem Neuen Testament, daß Jesus Seine Gemeinde Braut nennt, und daß Er sich selbst Bräutigam nennt. Er spricht hier im Singular von der Braut – Er, der Bräutigam. Aber wir wissen auch, daß Er von mehreren spricht, von 5 Jungfrauen, die so klug sind, Ihn zu empfangen, die Ihm zugeführt werden konnten. Als neutestamentliche Denker wissen wir, daß aus der Fülle der weltweiten Christenheit, Millionen und aber Millionen Menschen, die Braut Jesu entsteht. Und das Werk des Geistes Gottes ist, sie zu gestalten. In 1. Korinther 12 werden wir belehrt, daß die Braut aus vielen Gliedern besteht. Und nur der Geist Gottes ist es, der diese Braut zusammenstellt nach dem wunderschönsten Geschmack, den es im Himmel gibt. Das ist der Geschmack Jesu. Die Braut wird vorbereitet durch diesen Knecht, den Geist Gottes. Gibt es einen edleren Bräutigam? Gibt es ein edleres Gegenüber für eine Braut als Ihn, die Krone allen Seins, aus dem alles geworden ist, durch den der Vater alles hat hervorbringen lassen, Seine Liebe gesandt hat und vieles mehr. Was soll ich sagen, der alles zusammenhält, dem supergrößten, einzigartigen Wesen was es an Schönheit gibt. Jesaja sagt: ***Wir werden ihn einmal in seiner Schönheit sehen*** (Jesaja 33, 17a).

Der Geist Gottes hat einen Auftrag: diesem schönsten Jesus eine ebenbürtige Braut zuzuführen, damit der Herr Jesus nicht erschrokken und entrüstet ist über das, was Ihm da zugeführt wird, sondern tief und hoch erfreut von dem, was Ihm durch Seinen Geist, dem Heiligen Geist zugeführt wird: Seine Braut, die Ihn ewig lieben wird, als andauerndes Dankeschön Seines Vaters im Himmel. Eine wunderbare Idee, Seinen Sohn zu beschenken, weil Er inmitten des Feuers durchgehalten hat, um Seiner Liebe Ausdruck zu verleihen und sie weiterzugeben. Der Vater im Himmel wird dezent im Hintergrund stehen und sagen: „Nur, daß sie hier im Himmel sind, daß ich sie sehen darf, daß ich ihnen zeigen kann, wie sehr ich sie liebe, das soll mir genug sein. Aber meinem Sohn, dem will ich das Höchste dieser Liebe geben."

So wie wir es als Menschen kennen, Freundschaften, Kumpel, Bekannte, Kollegen, Nachbarn. Man kann sich viel Liebes und Nettes schenken. Aber dann, inmitten dieser Dinge ist die Ehe. Sie übersteigt jede andere Form von Liebe zwischen Menschen. So hat der Vater einen Liebeswunsch für Seinen Sohn und Sein Herz brennt mit diesem Feuer der Liebe für Seinen Sohn, und hat diese Brandmarkung der Liebe durch einen Schwur in Seinen Geist gelegt. Und dieselbe Liebe des Vaters brennt im Heiligen Geist: Ich will eine Braut suchen für den Schönsten, den es gibt, Jesus, und ich will sie Ihm zuführen.

Jetzt gehen wir wieder zu Elieser. Er kommt an einen Brunnen und nimmt sich in seinem Herzen vor, eine dieser Jungfrauen anzusprechen. Nach orientalischer Kleidersitte ist erkennbar, welche noch zu haben ist. Und er spricht sie an. Die Bibel verschweigt ganz dezent, ob er einige Fehlversuche hinter sich hat. Aber dann spricht er Rebekka an, und ich finde es so bezeichnend für den Geist Gottes, der die Liebe Gottes zu uns bringt: Er liebt zuerst. Er nimmt Kontakt auf in Seiner Liebe, dieser stellvertretenden Liebe zu dem Sohn und dem Vater. Er wählt aus. Er sucht die aus, die sich Ihm bei Seinem Kontaktbemühen öffnet.

Eine ganz entscheidende Botschaft in diesem Kapitel! Entdecke an diesem Text, daß es Elieser ist, der Sachverwalter Abrahams, der den Kontakt aufnimmt. Er spricht an. Er beginnt die Liebe Gottes vorsichtig in Rebekka hineinfließen zu lassen, durch einen Anfangskontakt, durch ein Kennenlernen, durch ein Aufeinanderzugehen.

Wie oft war ich traurig, wenn ich spürte, wie der Geist Gottes in einer Veranstaltung anwesend war und ich in den Augen der Menschen sah, daß sie nichts davon mitbekamen. Sie reagierten nicht auf das, was da war. Sie verhielten sich wie Taube, die sich nicht angesprochen fühlen. Sie verhielten sich wie Blinde, die nicht gesehen haben, daß jemand da ist. Und ich wußte, Er ist da und bemüht, sich Kontakt zu schließen, um den Leib dieser schönen Braut Jesu zuzubereiten, hinzuzufügen, zu gestalten und zu formen. Von dieser heiligen Mission ist der Geist Gottes nicht abzubringen. Er wird diesen Auftrag durchziehen. Wenn jemand bei

Seinen Kontaktbemühungen wieder und wieder blockiert, wird Er weitergehen und suchen, denn Er muß für eines sorgen, daß die Vollzahl der Nationen, das ist die Vollzahl der Glieder, die Seine Braut ausmachen, zusammen kommt. Er wird Ihm keine Braut zuführen, der eine Hand fehlt, der ein Fuß fehlt oder der ein Ohr fehlt. Er wird dafür sorgen, daß sie vollkommen ist. Ich sehe etwas Schönes in dieser Begegnung, daß Elieser, der sich um Kontakt bemüht, einfach sagt: „Wenn du dich mir öffnest für meinen Wunsch, daß wir zusammen kommen für die Bedürfnisse, die ich habe, dann werde ich wiederum auf dich reagieren, und dann liegt es bei dir, ob du noch mal antwortest. Dann werde ich dir wieder eine Botschaft bringen, die den Kontakt vertieft, und du kannst wiederum reagieren. Ich werde in dich dringen mit dem, was auf meinem Herzen ist. Das ist die Liebe Gottes und Seines Sohnes für dich." All dies pulsiert in einer Richtung: Ich möchte dich Jesus näher bringen. Ich möchte dich entflammen für Jesus. Empfange diese Liebe in deinem Herzen.

Wir sehen, daß dieser Kontakt eine wunderbare Reaktion bei Rebekka auslöst. Sie nimmt den Wasserkrug herunter und geht sofort auf seinen ersten Kontaktversuch ein. Geht ein auf seinen ersten Wunsch: Darf ich etwas trinken? Sie nimmt den gefüllten Krug herunter, reicht ihn ihm und orientiert sich sofort an seinen Bedürfnissen. Sie achtet auf das, was sein Auftrag ist, woher er kommt, sieht die Bemühung, in der er steht, und sagt: „Darf ich davon auch deine Kamele tränken, die dich begleitet haben?"

Ich sehe, daß Elieser mit Rebekka zusammenkam. Und ich sehe, daß der Geist Gottes hoch erfreut war über „Rebekka".

Die Bibel lehrt uns klar und deutlich, daß Elieser ein Mensch ist. Ein Mann und eine Person. Die Bibel lehrt uns klar und deutlich, daß der Heilige Geist die dritte Person Gottes ist. Er kann sprechen. Er kann empfinden. Er kann betrübt sein. Er kann denken, reden und vieles mehr. Der Geist Gottes ist eine Person, ein Gegenüber. Aber Er hat einen heiligen Auftrag, mit dem Er auf dieser Erde wirkt, und Er wird sich von keinem Menschen aufhalten lassen, diesen Auftrag durchzuführen. Die Worte des Vaters waren: „Wenn da eine ist, die auf das Werben nicht eingeht, dann bist Du dieses Versprechens entledigt, dann brauchst du ihr nicht nachzugehen."

Das ist der Ernst der Botschaft. Aber Er hat eine Braut, und Rebekka stellt die Gemeinde Jesu dar. Er spricht sie an, und sie geht darauf ein und erfrischt ihn. Hast du dich jemals gefragt: „Wie kann man dem Geist Gottes, der mich schon so oft gesegnet, so oft Kontakt mit mir aufgenommen hat, der mir die Liebe zu Jesus bekannt gemacht hat, wie kann ich Ihm etwas Gutes tun?" Und ich wage es zu sagen: **„Indem du dich für Ihn öffnest, erfrischst du Ihn!"**

Indem du dich für den Heiligen Geist öffnest, erfrischst du Ihn!

Der Apostel Petrus predigt von der Erfrischung des Heiligen Geistes (Apg. 3,19 f). Das ist auch ein Thema für sich. Aber es gibt auch das Umgekehrte. Ich glaube, daß Freundschaft, Beziehung und Gemeinschaft davon lebt, daß es nicht nur ein ständiges Empfangen ist, sondern auch ein Geben: ich gebe Ihm etwas, wenn ich mich Ihm öffne. Wenn dich der Geist Gottes ausgesucht hat und dir unter der großartigen, nicht zu begreifenden Vorherbestimmung einen Zugang zum Reich Gottes gegeben hat, dein Interesse für Jesus geweckt hat, dann ist das etwas Unfaßbares, was da zu dir kommt. Wir können nicht sagen: „Warum gerade ich?" Es gibt keine Erklärung, denn es gibt kein Verdienst für diese Auswahl. Und ich sage dir: **Öffne dich dem Heiligen Geist, und Er wird mehr für dich tun.** Er wird Sein Werk an dir tun. Er wird in dich dringen. Er wird dich Jesus näher bringen. Er wird dich entfachen zu einem Menschen, der Jesus liebt. Er wird dich zubereiten zu jemandem, den niemand davon abhalten kann, in der Liebe Jesu aufzublühen und in diesem Zugeführtwerden als Braut mitzugehen. Denn das ist Sein Werk. Öffne dich Ihm, damit Er in dich hineinlegen kann. Und ich sage dir folgendes: Liebe braucht ihre Zeit bis sie entfacht ist. Es gibt so viele Dinge, die Liebe wiederum erkalten lassen können. So wird der Apostel Johannes in der Offenbarung gedrängt zu schreiben: ***Ich habe gegen dich, daß du die allererste Liebe verlassen hast.*** (Offenb. 2,4). Er zeigt uns, daß durch ganz bestimmte Situationen im Alltag eines Gemeindelebens Dinge geschehen können, die die Liebe zu Jesus erlöschen lassen, obwohl uns das Wirken Gottes schon einmal ergriffen hatte, obwohl wir die auserwählte Braut sind.

Wenn diese erste Liebe, die wir einmal empfunden haben, als wir durch den Geist Gottes für die Sache Jesu gewonnen worden sind, in uns abnimmt, dann ist das sorgenvoll aus der Sicht Gottes, und dann sollte es auch aus unserer Sicht sorgenvoll sein. Die Bibel spricht davon, daß es Christen gibt, die sich entweder im Feuer der ersten Liebe für Jesus engagieren, sich hingeben, dienstbereit und entschlossen sind, um nach Seinem Ruf klare Entscheidungen zu treffen, oder die kalt geworden sind in diesen Dingen. Beides ist möglich. Aber dann spricht die Bibel von einer dritten Möglichkeit, und die ist furchtbar. Man kann lau sein, ganz in der Mitte, weder noch, schmeckt nicht nach dir und mir, von allem etwas drin, weder so noch so. Gerade eben so, daß es weder erfrischt noch erwärmt. Ein kalter Schluck Wasser erfrischt. Ein schöner heißer Tee erwärmt. Weder kalt noch heiß: lau – das beschreibt einen ganz gefährlichen Zustand in der Beziehung zu Jesus. Da war mal etwas, das war heiß für Jesus, voller Liebe.

Aber ich habe einen Auftrag, dich Ihm als Braut zuzuführen, als eine Braut, die Ihn, ohne Ihn direkt gesehen zu haben, schon heiß liebend begehrt. Das ist der Auftrag des Geistes Gottes. Volkstümlich gesprochen: Ich möchte nicht erleben, daß der Herr sagen muß: „Was hast du mir da denn für ein widerspenstiges Biest gebracht? Ich nehme sie in den Arm, und sie stößt mich weg. Ich sage ihr ein zärtliches Wort, und sie wird knallrot und wendet sich von mir ab. Die ist ja ganz durcheinander. Die weiß ja gar nicht, warum sie hier ist.“

Aber es wird nicht so kommen, denn der Geist Gottes versteht sein Werk.

Nach dieser Begegnung kam es zu einer kurzzeitigen Trennung. Rebekka rannte nach Hause, nachdem sie einen goldenen Ring und einen Armreif geschenkt bekommen hatte. Sie wurde bei diesem Kontakt symbolisch mit dem Reich Gottes beschenkt, gleich mit zwei Gaben von hohem Wert. Sie ist überglücklich und empfängt die Botschaft des Geistes Gottes, warum Er sie aufgesucht hat: Sie soll heimgeführt werden zu jemandem, der auf sie wartet, ihrem Bräutigam. Und sie weiß gar nicht, wie ihr geschieht. „Plötzlich wird nach mir gefragt.“ Viele von uns sind vorher durch den Geist der Welt herumgestoßen worden. Man hat nie nach uns wirklich gefragt, wollte uns ausnutzen, wollte unsere Leistung. Man wollte unsere Zeit und unsere vergängliche Schönheit und vieles mehr. Kurzzeitig fühlten wir uns ausgebeutet. Aber jetzt kommt plötzlich jemand, der begehrt einen uneigennützig, auch wenn Altersschwachheit und Gebrechlichkeit kommt. Der begehrt einen auf ewig. Das kann einen schier aus dem Häuschen bringen. Man wird vom Schönsten, der unter den Lebenden ist, geliebt und begehrt. Leute, was für eine Botschaft! Was soll das für mich bedeuten? Was hat das für Konsequenzen? Wie soll das zugehen? Wir kennen einander nicht, haben uns nie gesehen. Und doch, während Er sprach, fing mein Herz an unruhig zu werden und zu brennen, weil es jetzt ganz persönlich wird. Sie kann nicht anders, als nach Hause zu rennen, um Vater, Mutter und Bruder Laban zu sagen: „Mir ist die Botschaft der Liebe gebracht worden. Ich bin begehrt. Sieh an, ich bin beschenkt worden. Ich bin eingeladen, zu jemandem geführt zu werden, der mich haben will."

Laban war ein Schlitzohr. Als er die Ringe sah, fragte er sofort: „Wo ist das her? Wo ist er? Wo finde ich ihn?" Und läßt sich sofort von Rebekka zum Brunnen führen. Das erste, was er sah: die Kamele mit den dicken Säcken. „Oh, da ist noch mehr! Komm zu uns in den Hauskreis, komm. Mehr, mehr, von diesen wunderschönen Geschenken, komm, edler Fremder, du bist uns willkommen, pack aus, zier dich nicht!"

Öffne dich dem Heiligen Geist, und Er wird mehr für dich tun.

Oh, dieses gierige Herz unseres Fleisches, das seinen Vorteil sucht, seine Begierde stillen und füllen will. Oh Gott, erbarme dich unser! Der Geist Gottes aber hat eine tiefere Sicht. Er hat ein Herz entdeckt, das sich für Ihn auf Grund einer Liebesbotschaft geöffnet hat. Und als sie nach Hause kam, erzählte sie von dieser Begegnung, von dieser Botschaft. Laban aber sah nur die Ringe in seiner Gier.

Der Geist Gottes geht mit, nimmt die Einladung an und fängt an, die Lebensgewohnheiten von Rebekka zu beeinflussen. Und ich sage dir etwas, wenn du anfängst, dich für die Liebe Gottes zu öffnen, dann wirkt diese Liebe in deine Lebensgewohnheiten hinein, in dein Alltagsleben, in die Art und Weise, wie du bisher gelebt hast. Ich beobachte, daß es Christen gibt, die den Geist Gottes nicht so weit in ihr Leben hereinlassen. Sie kennen ihr Brunnenerlebnis sonntagsmorgens im Gottesdienst, aber sie kennen es nicht, daß Er dorthin mitkommt, wo wir leben. Sie lassen es nicht zu, daß Seine Liebe tiefer, feuriger ins Leben geht und einen Preis fordert. Sie finden es so erfrischend, sich Ihm kurzzeitig zu öffnen, um wiederum beschenkt zu werden mit der einen oder anderen segnenden Gabe. Aber dann lassen sie Ihn stehen und gehen wieder ihrem Leben nach. Wenn sie meinen, daß so eine Begegnung doch wieder ganz gut wäre, kehren sie wieder zurück. Und so sieht es dann aus: Begegnung und Trennung, Begegnung und Trennung, Begegnung und Trennung. Das schlimme an dieser ersten Begegnung ist, daß nie ein Feuer der ersten Liebe so tief in das Herz dieses Christen gelegt werden konnte, daß sich Dinge in seinem Leben radikal verändern. Es hat sich nur eins verändert: Seit diesem Kontakt schläft er sonntagmorgens nicht mehr bis 12 Uhr, sondern geht zum „Brunnen" – zum Gottesdienst.

Aber das Feuer der Liebe will mehr. Der Geist Gottes ist offen für deine Einladung. Er wartet regelrecht darauf, daß hier jemand Geschmack findet und spürt: Das ist etwas, mit dem muß ich zusammen bleiben. Er kommt rein und erzählt seine Mission. Ich will das nicht groß auslegen, aber ich sehe in der Geschichte auch ein Vorbild für Unterordnung unter geistliche Leiterschaft. Wenn wir ein besonderes Erlebnis mit der Liebe des Geistes Gottes gemacht haben und kehren in unseren Hauskreis oder unsere Gemeinde zurück, dann sollten wir uns wie Rebekka verhalten: Wir verkünden unser Erlebnis. Wir geben unser Zeugnis, aber wir warten ab, wie die Gesamtleiterschaft in dem Haus, in dem wir wohnen, sich weiter verhält. Das Feuer der Liebe hat bei Rebekka gegriffen, und jetzt macht sie folgendes: Sie feiert erst einmal. Dort, in diesem Privatleben beginnt ein etwas längeres Liebesmahl: Essen wird aufgefahren, Gemeinschaftsstimmung kommt auf. Man redet über dieses und jenes, aber irgendwann kommt der Geist Gottes und sagt: „Darf ich meine Botschaft loswerden? Ich möchte meine Botschaft loswerden. Ich habe einen Eid geschworen im Himmel, und das ist meine Mission, und von der kann ich nicht lassen. Ich brauche Entscheidungen." Betuel, Laban und die Mutter von Rebekka lagern sich und sagen: „Ja, sprich." Und der Geist Gottes spricht. Er hält eine Predigt hinein in diesen Hausgottesdienst. Da gibt es eine Mission. Die Reaktion von Betuel und auch von Laban ist, wie so mancher Gottesdienstbesucher reagiert: „Was sollen wir dazu sagen? Weder Gutes noch Böses können wir daran erkennen." Diese scheußliche, alles umfassende humanistische Gesinnung! Ja, das ist ja interessant: weder dies noch das, null Entscheidung, kein Öffnen für das, was da wirkt. Eine Haltung der Neutralität, eine gewisse angewöhnte Seriosität. Die Gewohnheit des bisherigen Lebensstils bleibt. „Zuviel Neues ist auch nicht gut. Vorsichtig, vorsichtig! Was sollen wir hierzu sagen?" Ich lege es mal mit dieser Tendenz aus.

Aber da ist etwas anderes: Der Geist Gottes läßt nicht nach, und dann kommt auch die Entscheidung für Rebekka. Sie soll sich entscheiden, und durchläuft in ihrem angefangenen Feuer der Liebe zu dem Unbekannten, den sie noch nicht gesehen hat, der ihr aber über seinen Vater sein Begehren angemeldet hat, einen Entscheidungsprozeß. In großem Vertrauen, daß der Vater im Himmel Macht hat über sonderbare, schöne Fügungen, fängt sie an, sich mehr und mehr der Botschaft des Geistes zu öffnen. Aber jetzt kommt ein Kampf. Das Feuer der Liebe tobt in ihrem Herzen. Sie geht in dieser Zeit der Entscheidung noch einmal ihren bisherigen Lebensstil durch. Sie geht in ihr Zimmer, zur vertrauten Kommode, zum Bett in dem sie so viele Jahre geruht hatte. Sie schaut hinaus aus dem Fenster, hinaus auf die Steppe, alles ist hier so vertraut. Die kleine Schafherde, die Nachbarkinder, die draußen spielen, Freundinnen, die gerade einen Wasserkrug tragen, eben der bekannte, vertraute, traditionelle Lebensrhythmus, der einfach so in Fleisch und Blut übergegangen ist. Alles hat seine Ordnung, alles hat seine Sicherheiten, bis zum Herd, wo so manche Schlacht geschlagen, so manches Fest zubereitet wurde. Ach, alles war so geordnet, so vertraut, so sicher geworden. Und jetzt kommt eine Botschaft, die in mich eindringt und mich für Neues freisetzt.

Ich muß über ganz bestimmte Gewohnheiten in meinem Leben Entscheidungen treffen. Ich muß Entscheidungen treffen über Dinge, die mir mit den Jahren lieb geworden sind. Plötzlich soll ich sie dieser neu empfangenen Liebe unterordnen und ihr folgen. Was für ein Verlust! Die Freunde, die Menschen, die mich hier umgeben. Ich habe so manchen Christen mit ein wenig Schmerz sagen hören: „Seitdem ich Christ geworden bin, kann ich irgendwie nicht mehr so, wie ich will. Seitdem mich die Liebe Jesu gepackt hat, kommen mir die Gespräche so banal vor, als ob sich etwas verändert hat." Wir haben nicht mehr die gleiche Linie. Es ist, als ob uns etwas trennt. Die Liebe in Rebekka fängt an, sich zu trennen. Und hier gibt es wirklich schmerzhafte Prozesse, wenn das Feuer in unserem Geist immer tiefer und tiefer geht. Auch bei uns, die wir Gottes Diener sind, die wir uns eine Art und Weise angewöhnt haben, Gott zu dienen, die wir über Jahre eine Ordnung aufgebaut haben, Ordnungen, die wir durch Lehrer empfangen haben, Sicherheiten, die wir aufgebaut haben, Erfahrung und Routine, die unser Leben geprägt haben.

Mitarbeiter, die schon ein bißchen zurückblicken können auf einige Jahre des Dienstes, auf Erlebnisse mit Gott. Alles ist so geordnet, man hat einigermaßen zu essen, man ist am Leben. Irgendwie pulsiert es noch. Man hat viele Annehmlichkeiten, aber diese große, unbekannte Herausforderung, von der Liebe Jesu so verzehrt zu werden, neue Wege zu gehen, die wir noch nicht gegangen sind: Hier setzt das Risiko an. Was wissen wir Deutschen eigentlich von den Möglichkeiten und Wirkungen Gottes? Was wissen wir davon?

Ein wenig können wir den Stenobuchstaben des Buches der Bibel abspüren. Aber haben wir je Erweckung erlebt? Wissen wir, wie es ist, wenn Menschen außer sich sind, weil der Himmel Gottes offen ist und der Geist Gottes in einer Weise präsent ist, wie wir es eben noch nie erlebt haben, wie es aber in den Möglichkeiten Gottes steht? Wissen wir, wie wir reagieren werden? Was uns dann durcheinander bringen könnte? Da kommt eine andere Macht auf uns zu, die in unseren Herzen brennt, die Gewohnheiten berührt, die uns halten. Die Denkprozesse berührt, die uns im Laufe des Lebens wie ein Geländer geworden sind und uns auf einen ganz anderen Weg bringen als den schmalen Weg, der zu Jesus führt, den Er für uns gebahnt hat. Aber wenn die Liebe Gottes in uns Raum gewinnt, spüren wir, daß uns etwas löst. Eine andere Freiheit, eine andere Offenheit kommt zu uns. Wir merken, der Geist Gottes dringt tiefer in mich.

Komm mit der Liebe Gottes, Heiliger Geist, komm, entfache in mir die Liebe zu Jesus! Mehr! Tiefer! Mehr! Wir wollen uns ausrichten auf Ihn. Er ist zu uns gekommen durch Sein Wort. Jetzt wird Er zu uns kommen in Kraft.

Kapitel 3
Das brennende Herz

Und sie sprachen zueinander: Brannte nicht unser Herz in uns, wie er auf dem Weg zu uns redete und wie er uns die Schriften öffnete?

Lukas 24, 32

Vielleicht haben sich einige gefragt, wie wir zu diesem merkwürdigen Thema gekommen sind: Das Feuer der ersten Liebe – zumal diese Formulierung in der Bibel gar nicht vorkommt. Folgende Vorstellung verband sich bei mir mit den Worten: Feuer, Liebe, erste Liebe. Ich wußte, daß das Wort Gottes Feuer sehr häufig nennt, wenn eine Art Gericht von Gott ausgeht, das Menschen betrifft, die mit Ihm gehen, die an Ihn glauben, aber auch Menschen, die sich völlig von Ihm abgewandt haben. Wir wissen um das furchtbare Feuergericht über Sodom und Gomorra, aber wir wissen auch, daß das neue Testament im 1. Korintherbrief 3 Vers 13 davon spricht, daß einmal Feuer über uns kommen wird. Über uns, die wir im christlichen Glauben leben. Dieses Feuer wird uns aufsuchen und unsere Werke prüfen, das, was wir als Christen bisher gelebt und im Glauben umgesetzt haben. Dieses Feuer ist wie ein vernichtendes Urteil, das dann im Detail an uns wirkt. Es verzehrt Dinge, die in Gottes Augen wertlos sind. Dinge, die uns viel Mühe gekostet haben. Einsätze, Werke, bei denen wir uns mit viel Zeit und großem finanziellen Aufwand engagiert haben. Und dann kommt einfach das Feuer. Gott läßt es zu, daß eben die Werke verbrennen, deren Beschaffenheit Seinem Feuer nicht standhalten. Dieses Feuer Gottes wird auch Korrekturfeuer genannt.

In Offenbarung 3, 19 lesen wir:

> ***Ich überführe und züchtige alle, die ich liebe. Sei nun eifrig und tue Buße!***

An vielen Stellen in der Heiligen Schrift sehen wir, daß Feuer ein Symbol für die Gegenwart Gottes ist. Besonders dann, wenn es dunkel ist, wenn es Nacht ist. Und das erinnert uns an die Art, wie Gott sich Seinem Volk Israel in der Wüste darstellte: durch Feuer. Das Feuer zeigt, daß Er da ist. Es hat weitaus mehr Eigenschaften, als daß es nur verbrennt, schmilzt und reinigt. Es bringt natürlich auch Licht.

Aber wenn wir die Gesamtaussage der Heiligen Schrift betrachten, geht es bei diesem Feuer um Gericht und Ordnung in unserem Leben. Er stellt dadurch Seine Ordnung wieder her. Er verbrennt das Faule, damit die Fäulnis nicht auf andere übergeht. Er verbrennt das Verwesende, damit es das Lebendige nicht vergiftet. Und das geschieht sowohl bei Einzelnen als auch bei einer Ansammlung von Menschen. Das Feuer Gottes kann innerhalb Seiner Gemeinde kommen und Menschen ganz herausnehmen aus einem dahinvegetierenden Glauben, damit sie in ihrem Starrsinn und ihrer Herrschsucht andere nicht länger unterdrücken können. Gott sorgt dafür.

Aber es gibt auch das Feuer Gottes, das in die Herzen der Menschen kommt, die Gott lieb haben, die Ihm nachfolgen, aber die in ihrem Leben ganz bestimmte Haltungen oder Schrifteinsichten haben, die dem weiteren Führungswerk Gottes im Wege stehen. Und in diesem ganzen Feuer, das von Gott ausgeht, ist eine Grundabsicht, mit der Er handelt: Liebe. Denn Er sagt in Offenbarung 3, 19: Einfach, weil ich euch liebe, korrigiere ich, züchtige ich, unternehm ich etwas. Aus Liebe tu ich das, weil ich mir von diesem Werk an euch etwas verspreche.

Wir lieben es, den Geist Gottes zu bekommen, aber wir vergessen, daß es Jesus ist, der mit dem Geist und dem Feuer tauft. Und die Reihenfolge in dieser Aussage von Johannes dem Täufer über Jesus zeigt uns ganz deutlich, in welch einer Priorität das Feuer zu uns kommt. Zunächst kommt der Herr Jesus Christus mit Seinem Geist, überführt uns von der Sünde des Unglaubens, wirkt in uns das neue, wiedergeborene Leben, schafft in uns Liebe zu Gott, zu Seinem Wort und zu den Mitmenschen, und dann kommt der Alltag. Und der Heilige Geist stärkt uns, ermutigt uns, versucht, zu uns zu reden, uns zu führen. Der Herr Jesus tauft und will wieder und wieder mit Seinem Geist füllen. Das ist Seine erste Priorität.

Aber in der Zeit des Miteinanderlebens und des Zusammengehens auf dieser Erde entstehen Situationen, die etwas anderes in unser Leben bringen, als Gott durch Seinen Geist in unser Leben bringen wollte. Es entstehen Spannungen unter Mitarbeitern. Es entsteht eigener, frommer Eifer. Man läuft Gott und Seinem Geist voraus und ist über die Maßen enttäuscht: Wie konnte Gott das zulassen? Während wir mit dem Herrn vorangehen, werden wir erleben, daß Nöte und Widerstände aufkommen, die wir nicht gesucht haben. Wir dachten, Gott wird uns davor bewahren, der Herr wird durch Seinen Geist alles tun. Wir haben aber auch folgende Entdeckung gemacht: Während Gott uns segnete, stärkte und bestätigte, fing unser Herz an, sich zu erheben. Bei uns Christen, die schon einiges wissen und schon einiges im Griff haben, hat sich eine Haltung mit Tendenz zum Stolz eingestellt. Plötzlich fingen wir an, in eine Art Konkurrenz zu Gott zu treten, weil wir meinten, schon etwas zu können, obwohl Er uns durch Seinen Geist leiten will. Dieser Übermut und dieser Hochmut kann so manche Resignation in unseren Herzen auslösen, obwohl wir immer noch den Geist der Liebe erleben, den Geist, der uns im Dienst stärkt und uns aufhilft in der Not. Mit der Zeit entstehen Umstände, durch die Unrat und Enttäuschung in unser Herz kommt. Das hat nicht Gott gesandt, das hat nicht Gott in unser Herz gelegt. Und in diesem Zusammensein mit Gott, dem Lebendigen, sendet Er nach einer gewissen Zeit, in der Er uns Seinen Geist gegeben hat, für eine Zeit lang Sein Feuer. Dieses Feuer tut einen ganz bestimmten Dienst in unserem Leben, in unserem Herzen, nämlich den Unrat aufzusuchen, der sich in unserem Herzen mit unserer Einwilligung, emotional und gedanklich, willentlich einnisten durfte. Und der Herr sucht mit dem Feuer Seines Geistes diese Bereiche in unserem Leben auf und fängt an, in uns ein Feuer, auch ein Leidensfeuer zu entfachen, das die falschen Triebe, die in uns gewachsen sind und fruchtleer geblieben sind, anfängt zu beschneiden. Es wird uns etwas genommen, das eigentlich aus uns und aus der Beziehung zu Gott gewachsen ist, so denken wir. Aber es ist fruchtleer aus der Sicht Gottes. Es hat kein Recht in unserm Leben zu bleiben aus der Sicht Gottes.

Da ist der Pastor, der in seinem gut gemeinten Dienst, in seinem großen Eifer für das Reich Gottes noch Tadel obenauf bekam. Da ist der Mitarbeiter, der sich mit großem Eifer und viel Schweiß einsetzte, mit großem Zeitaufwand. Doch das, was er getan hat, wird nicht gesehen. Er wird womöglich noch kritisiert. Und das tut weh. Da ist ein anderer, der gesegnet ist in dem Dienst des Reiches Gottes, als Glied der Gemeinde, ohne besondere Stellung, und erlebt, wie eine Krankheit in seine Familie kommt, und er kann die Dinge nicht mehr einordnen. Er versteht nicht mehr und fragt sich: Warum kommt diese Not in mein Leben? Ich gebe Gott mein Leben hin. Ich habe Sein Wort gesucht. Ich habe gebetet. Ich verstehe diese Zulassung Gottes nicht! Und in der verborgensten Kammer eines solchen Herzens nistet sich etwas ein: Enttäuschung, Bitterkeit oder Resignation. Andere wiederum haben in ihrer Liebe zu Gott versäumt, ihren Dienst entsprechend ihrer Liebe zu Gott einzurichten. Sie dienen Gott mehr, als sie Ihn lieben. Und während sie anfangen, Gott zu dienen, wachen sie nicht darüber, daß ihre Liebe zu Gott ebenfalls pulsiert und nachgefüllt wird, und es kommt vor, daß sie viele Dinge tun, die zwar prinzipiell gut, aber von Gott gar nicht gewollt sind, jedenfalls nicht für sie.

Manche Menschen dienen Gott mehr als sie Ihn lieben.

Das Ergebnis eines solchen Engagements, das wir aus eigener Inspiration, aus eigener Kreativität entwickeln, ist über kurz oder lang dieses innere leere Gefühl in unserem Herzen, so daß man sich fragt: Gott, warum bin ich nur so ausgelaugt? Warum bin ich nur so müde? Wo ist mein Eifer für Dich?

Damals, da war ich noch gut drauf. Damals, ja, da hatte ich Schwung. Und Herr, jetzt hab ich den ganzen Schwung in Dein Reich eingebracht und krieche hier geistlich geschwächt durch das Leben.

Wo bist Du? Warum läßt Du das zu? Du hast so wunderbare Zusagen in mein Leben gegeben. Du hast so schöne Verheißungen gesprochen. Ich habe diese Dinge aufgesaugt wie frischen Tau, wie ein Durstiger, aber jetzt erlebe ich, daß dieser ganze Schwung ausgelaufen ist, und ich verstehe Dein Reich nicht mehr. Ich verstehe Dich nicht mehr. Ich wende mich zu Dir und es rührt sich nichts. Es ist, als wenn aller Glaube zusammengeschmolzen ist. In dieser Phase kommt eine Krise. Unser geistlicher Leistungsbogen senkt sich langsam, aber sicher, nach unten. Entsprechend verhält es sich mit der Frucht unseres Dienstes, und wir fühlen uns von Gott an die Seite gestellt. Unser uraltes Herz rebelliert und fragt Gott mit dem gewissen Unterton: Womit habe ich das verdient? Warum, Herr?

Viele Dinge, die wir anfangen, übersteigen unsere Kraft und unseren Glauben. Dennoch sagen wir: „Wir haben einen größeren Gott!“ Wenn wir dann an den Herausforderungen scheitern, sagen wir: „Gott, ich war bereit. Ich habe mich dieser kritischen Situation gestellt. Ich habe keine Angst gehabt, mich zu blamieren. Normalerweise mußt Du doch jetzt kommen und Dich dazu stellen. Wo bist Du gewesen, als ich auf Dich gesetzt habe? Wo bist Du gewesen, als ich Dich gebraucht habe? Du hast mir doch früher immer geholfen und uns so oft gesegnet. Wo bist Du gewesen? Wo?"

Hier möchte ich gerne eine Geschichte einfügen. Diese Geschichte aus der Mission ist sicherlich ein heftiges Beispiel dafür, was geschieht, wenn wir am Feuer der Liebe Gottes verzweifeln – aber sie rüttelt auf:

Im Jahr 1921 hörten zwei junge Ehepaare in Stockholm in Schweden den Ruf, in Afrika zu missionieren. Sie gehörten zur Philadelphia Pfingstgemeinde, die Missionare in alle Welt schickte. Während eines Missionsgottesdienstes empfingen beide Paare eine Last vom Herrn, nach Belgisch-Kongo zu gehen. Heute heißt dieses Land Zaïre.

Die Namen der beiden Ehepaare waren David und Svea Flood und Joel und Bertha Erickson. Svea Flood war sehr klein, ca. 1,50m, und sie war eine bekannte Sängerin in Schweden. Beide Paare gaben alles auf und gaben ihr Leben hin für die Gute Nachricht.

Als sie in Belgisch-Kongo ankamen, meldeten sie sich bei der dortigen Missionsstation. Dann nahmen sie Buschmesser und schlugen sich einen Weg in das von Insekten erfüllte Landesinnere. David und Svea hatten einen zwei Jahre alten Sohn David Jr., den sie auf ihren Rücken tragen mußten. Auf dem Weg erkrankten beide Familien an Malaria. Sie marschierten jedoch weiter mit großem Eifer, auch wenn dies den Märtyrertod bedeuten sollte.

Endlich erreichten sie das Dorf im Inneren des Landes. Doch zu ihrem Erstaunen hießen die Menschen sie nicht willkommen. Sie sagten zu den Missionaren, daß sie keine weißen Menschen reinlassen dürfen, weil sonst ihre Götter beleidigt wären. Da gingen die zwei Familien in ein anderes Dorf. Aber auch dort ließ man sie nicht hinein.

Es gab aber keine weiteren Dörfer. Die sehr geschwächten Familien hatten also keine andere Wahl, als sich seßhaft zu machen. Und so schlugen sie sich eine Schneise in den bergigen Urwald und bauten sich Lehmhütten, um darin zu leben.

Im Laufe der Monate litten sie alle an Einsamkeit, Krankheit und Unterernährung. Der kleine David wurde kränklich. Sie hatten fast überhaupt keinen Kontakt zu den Leuten in den Dörfern.

Nach rund sechs Monaten entschieden sich Joel und Bertha Erickson, zur Missionsstation zurückzukehren. Sie versuchten, die Floods zu überreden, das gleiche zu tun, aber Svea konnte nicht reisen, da sie schwanger geworden war. Ihre Malaria wurde schlimmer. Außerdem sagte David: „Ich will, daß mein Kind hier in Afrika geboren wird, da ich hierher kam, um mein Leben zu geben.“ So verabschiedeten die Floods ihre Freunde, die sich auf den 160 Kilometer langen Weg machten.

Einige Monate lang litt Svea unter hohem Fieber. Trotzdem kümmerte sie sich um einen kleinen Jungen, der von einem der Nachbardörfer kam. Der Junge war der einzige Mensch, den die Floods zu Gott führen konnten. Er brachte der Familie Obst, und wenn Svea mit ihm betete, lächelte er nur zurück.

Schließlich wurde Sveas Malaria so stark, daß sie nicht mehr aufstehen konnte. Als die Zeit kam, das Kind zu entbinden, gebar sie ein gesundes Mädchen. Aber binnen einer Woche war sie dem Tod nahe. In ihren letzten Augenblicken flüsterte sie David zu: „Nenne unser Mädchen Aina.“ Danach starb sie.

David Flood grämte sich sehr wegen des Todes seiner Frau. Er sammelte all seine Kraft, nahm eine Holztruhe und machte einen Sarg für Svea. Dann begrub er seine geliebte Frau in einem einfachen Grab am Fuß des Berges.

Als er neben ihrem Grab stand, schaute er auf seinen jungen Sohn neben sich herab. Dann hörte er das Weinen seines Töchterchens aus der Lehmhütte, und plötzlich erfüllte Bitterkeit sein Herz. Ein Zorn stieg in ihm auf, den er nicht kontrollieren konnte. Ein wilder Zorn bemächtigte sich seiner, und er schrie: „Warum hast du das erlaubt, Gott? Wir kamen hierher, um unser Leben zu geben! Meine Frau war so schön, so begabt. Und nun liegt sie hier, tot mit 27 Jahren."

„Nun habe ich einen zweijährigen Sohn, den ich nicht betreuen kann, geschweige denn das kleine Mädchen. Und nach mehr als einem Jahr in diesem Dschungel haben wir nichts anderes vorzuweisen als einen kleinen bekehrten Jungen, der wahrscheinlich gar nicht versteht, was wir ihm erzählt haben. Du hast mir die Treue gebrochen, Gott. Welche Verschwendung eines Lebens!"

Dann nahm David Flood einige von dem Stamm der Eingeborenen als Führer und brachte seine Kinder zur Missionsstation. Als er die Ericksons sah, rief er zornig, „Ich verlasse den Urwald! Ich kann die Kinder nicht allein versorgen. Ich nehme meinen Sohn mit mir nach Schweden, aber ich lasse meine Tochter hier bei euch." Nach diesem Ausbruch überließ er Aina der Fürsorge der Ericksons.

Den ganzen Weg zurück nach Schweden war David Flood mit einem Zorn gegen Gott entbrannt. Er hatte allen Leuten gesagt, er gehe nach Afrika als Märtyrer, um Menschen zu Gott zu führen, ganz gleich, was es koste. Nun kehrte er als ein gebrochener und besiegter Mann zurück. Er war in dem Glauben, daß er treu gewesen war, aber daß Gott ihn total verlassen hatte.

Als er in Stockholm ankam, entschied er sich, als Importeur sein Glück zu versuchen. Er warnte alle, in seiner Gegenwart ja nichts über Gott zu sagen. Wenn jemand es doch tat, bekam er einen Zornausbruch, so daß seine Adern am Hals hervortraten. Schließlich fing er an zu trinken.

Kurz nachdem er Afrika verlassen hatte, starben auch seine Freunde, die Ericksons. Wahrscheinlich wurden sie vom Häuptling des Stammes vergiftet.

Die kleine Aina wurde einem amerikanischen Ehepaar gegeben. Es waren sehr liebe Menschen, sie hießen Arthur und Anna Berg. Die Bergs nahmen Aina mit in ein Dorf, das Massisi hieß und im nördlichen Kongo lag. Dort begann man sie „Aggie" zu nennen. Die kleine Aggie lernte die Swahili-Sprache und spielte mit den Kongo-Kindern.

Aggie war sehr viel allein, und so lernte sie Phantasie-Spiele. Sie stellte sich vor, sie hätte vier Brüder und eine Schwester, und alle bekamen Phantasie-Namen. Oft deckte sie den Tisch für ihre Brüder und sprach mit ihnen. Sie stellte sich vor, daß ihre Schwester sie immer suchte.

Als die Bergs zu einem Reisedienst nach Amerika fuhren, nahmen sie Aggie mit nach Minneapolis. Sie entschieden sich, dort zu bleiben. Aggie wurde erwachsen und heiratete einen Mann mit Namen Dewey Hurst. Dewey wurde später Präsident des Northwest Bible College der Assemblies of God in Minneapolis.

Als sie erwachsen war, versuchte Aggie viele Jahre lang vergeblich, mit ihrem Vater Kontakt aufzunehmen. Aber Aggie wußte nicht, daß ihr Vater wieder geheiratet hatte. Dieses Mal heiratete er Sveas jüngere Schwester, die kein Herz für Gott hatte. Und nun hatte er fünf weitere Kinder – vier Söhne und eine Tochter (genauso wie Aggie es sich immer vorgestellt hatte). David Flood wurde vollkommen vom Alkohol beherrscht, und er konnte fast nichts mehr sehen.

Vierzig Jahre lang versuchte Aggie ihren Vater zu finden, aber ihre Briefe wurden nie beantwortet. Eines Tages gab die Bibelschule ihr und ihrem Mann eine Fahrkarte nach Schweden. Nun konnten sie selbst versuchen, den Vater zu finden.

Nach der Überquerung des Atlantiks unterbrach das Ehepaar seine Reise für einen Tag in London. Sie wollten einen Spaziergang machen und schlenderten gerade an der Royal Albert Hall vorbei. Zu ihrer großen Freude fand dort gerade ein Missionstreffen der Pfingstgemeinden der Assemblies of God statt. Als sie hineingingen, hörten sie einen schwarzen Prediger ein Zeugnis geben von dem wundervollen Werk Gottes in Zaïre – dem Belgisch-Kongo!

Aggies Herz zersprang fast in ihrer Brust. Nach dem Treffen gingen sie auf den Prediger zu und fragten: „Haben Sie je von David und Svea Flood gehört, die Missionare in Zaïre waren?“ Er antwortete: „Ja, Svea Flood führte mich zum Herrn, als ich noch ein ganz kleiner Junge war. Sie hatten ein Baby, ein Mädchen, aber ich weiß nicht, was aus ihr geworden ist.“ Aggie rief aus: „Ich bin das Mädchen! Ich bin Aggie – Aina!“

Als der Prediger dies hörte, drückte er Aggies Hand, umarmte sie und weinte vor Freude. Aggie konnte es fast nicht glauben, daß dieser Mann der kleine Junge war, der durch die Hilfe ihrer Mutter gläubig wurde. Er wuchs auf und wurde ein Missionar und Evangelist für sein eigenes Land, in welchem nun 110.000 Christen lebten; in dem es 32 Missionsstationen gab, einige Bibelschulen und ein Krankenhaus mit 120 Betten.

Am nächsten Tag reisten Aggie und Dewey weiter nach Stockholm, wo man schon ihre Ankunft erwartete. Jetzt wußte Aggie, daß sie vier Brüder und eine Schwester hatte, und zu ihrer Überraschung begrüßten sie drei ihrer Brüder im Hotel. Sie fragte: „Wo ist David, mein älterer Bruder?“ Sie zeigten auf eine einsame Gestalt auf der anderen Seite der Halle. Ihr Bruder David war ein schrumpeliger, grauhaariger Mann. So wie sein Vater war auch er bitter geworden und hatte sein Leben mit Alkohol zerstört.

Als Aggie sich nach ihrem Vater erkundigte, wurden ihre Brüder rot vor Zorn. Sie haßten ihn alle. Seit Jahren hatte keiner von ihnen mit ihm gesprochen. Aggie fragte: „Und meine Schwester?“ Sie gaben ihr eine Telefonnummer, und Aggie rief sofort dort an. Ihre Schwester meldete sich, aber als Aggie ihr sagte, wer sie sei, wurde die Leitung plötzlich unterbrochen. Aggie versuchte zurückzurufen, aber sie bekam keine Antwort.

Doch kurz darauf kam ihre Schwester zum Hotel, umarmte sie und erzählte ihr: „Mein ganzes Leben habe ich von dir geträumt. Ich breitete eine Landkarte der Welt aus, nahm ein Spielauto und stellte mir vor, ich führe überall hin, um dich zu finden.“

Auch Aggies Schwester verachtete ihren Vater David Flood. Aber sie versprach Aggie, ihr zu helfen, den Vater zu finden. Sie fuhren in eine armselige Gegend von Stockholm, wo sie ein vergammeltes Gebäude vorfanden. Sie klopften an, und eine Frau öffnete die Tür.

Überall lagen Schnapsflaschen in der Wohnung herum. In der Ecke auf einem Feldbett lag ihr Vater, der ehemalige Missionar David Flood. Er war nun dreiundsiebzig Jahre alt, hatte Diabetes und litt an den Folgen eines Schlaganfalls. Beide Augen waren vom grauen Star befallen.

Aggie fiel vor ihm nieder und weinte: „Papa, ich bin dein kleines Mädchen – jenes, das du in Afrika gelassen hast.“ Der alte Mann drehte sich um und schaute sie an. Tränen standen in seinen Augen. Er antwortete: „Ich wollte dich nie zurücklassen. Ich konnte euch einfach nicht beide versorgen.“ Aggie antwortete: „Schon gut, Papa. Gott hat sich um mich gekümmert.“

Plötzlich wurde sein Gesicht dunkel vor Zorn, und er schrie: „Gott hat sich nicht um dich gekümmert. Er hat meine ganze Familie zerstört,“ fuhr er fort. „Er brachte uns nach Afrika, und dann hat Er uns verraten. Unsere Zeit dort war völlig nutzlos. Unser Leben war überflüssig!“

Aggie erzählte ihm dann von dem schwarzen Prediger, den sie eben in London getroffen hatten, und wie das Land durch ihn evangelisiert wurde. „Es ist wahr, Papa,“ sagte sie, „alle kennen den kleinen gläubig gewordenen Jungen. Die Geschichte war in allen Zeitungen.“

Plötzlich fiel der Heilige Geist auf David Flood, und er brach in Tränen der Trauer und Reue aus – und Gott stellte ihn wieder her.

Kurz nach diesem Treffen starb David Flood. Obwohl der Herr ihn wieder zu sich genommen hatte, hinterließ er nichts als Ruinen. Außer Aggie waren alle seine anderen Nachkommen ungläubig und auf tragische Weise verbittert.

Aggie schrieb die ganze Geschichte nieder. Während sie daran arbeitete, bekam sie Krebs. Kurz nachdem alles niedergeschrieben war, ging sie nach Hause zu ihrem Herrn.

Gott bewahre uns, die Beziehung zu Ihm von Umständen anhängig zu machen.

Was sich in dieser Begebenheit so dramatisch entwickelte, geschah in anderer Weise mit den Emmausjüngern-Jüngern, die den begeisternden Ruf von Jesus in ihrem Leben widerhallen spürten, die diesem Ruf begeistert gefolgt waren und sagten: „Herr, du meinst ja mich. Das kann ja wohl nicht wahr sein, mich, warum gerade ich?“

Wir Menschen neigen dazu, unsere Beziehung zu Gott auf Erlebnisse zu gründen. Jesus weist uns auf das gesunde, gute, alte Wort Gottes hin, das immer da ist.

Man kann über dieser Frage zerbrechen: Warum gerade ich? Aber irgendwann haben sie es zugelassen und begriffen. Und dieses „Warum gerade ich?“ erlebt eine Segnung nach der anderen. Der Herr kümmert sich um uns, redet zu uns. Und irgendwann, nach einer Zeit des Zusammenlebens und des Vertrauens, benutzt Er uns sogar für organisatorische Dinge. Essen zubereiten, kurz mal einkaufen gehen, Ferienlager vorbereiten und manches mehr. Dann kommt sogar eine andere Dienstebene, nur punktuell zunächst: Wir dürfen teilhaben an Wundern, dürfen das Brot ausgeben und erleben, wie es sich vermehrt und wie durch unsere Hände der Segen Gottes fließt. Wir haben das Gebet nicht gesprochen, nein, wir haben auch nicht geboten. Wir haben nichts getan. Wir haben eigentlich nur weitergereicht, was Er gesegnet hat. Und irgendwann in dieser geistlichen Laufbahn steigert sich das ganze noch: Der Herr ruft auch uns beide, uns Emmausjünger zu sich, hebt Seine Hände und gibt uns von Seinem Geist und sagt: Nun geht hin, verkündigt, daß das Reich Gottes nahe gekommen ist, heilt die Kranken, treibt die Dämonen aus, tut es. Und sie gehen los, sie, die früher nicht fassen konnten, warum gerade sie erwählt worden waren, und wachsen geradezu in Höchstgeschwindigkeit mit einer Selbstverständlichkeit in geistliche Dienste hinein, und wundern sich, was alles durch sie geschieht. Und sie kommen zurück und verkünden dem Herrn: „Puh, das gibt es doch nicht, Herr. Was wir vorher nur bei Dir gesehen haben, das läuft auch bei uns." Und sie erfahren eine innere Aufwertung durch den Dienst im Geist, den Gott ihnen schenkt. Jesus weist sie zurecht und sagt: „Eure Basis, eure Freude soll dies sein, daß ihr zum Reiche Gottes gehört und daß eure Namen im Himmel bekannt sind. Freut euch darüber! Laßt nicht nach in dieser Freude!"

Herr, warum sagst Du das? Du vermiest uns den Spaß an der Sache. Können wir nicht mal so richtig losjubeln, wenn einer frei geworden ist? Und uns darüber freuen und tanzen und sagen: Der Herr ist mit uns, Power, Leute, warum die Zurückhaltung! Gönnst Du uns diese Freude nicht?

Der Herr weiß, wie kurzlebig und vergänglich diese Art der Freude ist, während die Freude, daß unser Name im Himmel angeschrieben ist, eine ewige Freude ist. Ich weiß nicht, ob die Emmausjünger diese Lehre aufgenommen haben, ob sie sich gefreut haben, als sie damals noch mit den Siebzig losziehen konnten und so manches Kunststück vollbracht haben, von dem der Herr gar nicht die Erlaubnis gab, es niederzuschreiben. Wir erwischen sie einmal, wie sie einem Fallsüchtigen verkrampft Gebetsdienst leisten, ohne den rechten Erfolg. Mit Entrüstung und Frustration fragen sie: „Warum konnten wir das denn nicht, Herr? Das konnten wir doch früher." Und sie merken schnell, wie diese Freude am siegreichen Dienst wankt.

Ich sage dir: Wenn du eine perfektionistische Haltung in deinem Herzen hast, damals wie heute, kannst du in deiner Beziehung zu Gott kaputt gehen. Denn es gibt Entwicklungen in unserem Leben, es gibt Regungen in unserem Herzen, die hat der Herr nicht gesandt, die aber trotzdem durch das, was der Herr an uns und durch uns getan hat, entstanden sind. Wir kennen das alle aus Predigten: Nachdem sie dem Fallsüchtigen in der Kraft des Geistes nicht recht dienen konnten, verhandelten sie, wer denn nun der

Größte sei im Reiche Gottes. Wir spüren diese geistliche Arroganz, die sich da eingenistet hat! In ihrem weiteren Leben an der Seite des Herrn gab es so manche Episode, aber die traurigste von ihnen, so empfanden es jedenfalls die Emmausjünger, war, daß der Herr von ihnen genommen wurde. Plötzlich erleben sie, daß der, der sie so unterstützt hat, ihnen jeden Zuspruch gegeben hat, ihnen immer rechtzeitig Seelsorge gegeben hat, von ihnen genommen wurde. Jetzt fallen sie in ihr emotionales Loch. Ich sehe an diesen beiden Jüngern etwas, das uns sehr nahe ist: Wir Menschen neigen dazu, unsere Beziehung zu Gott auf Erlebnisse zu gründen. Sind die Erlebnisse mit Gott da, ist die Beziehung mit Gott in Ordnung. Finden die Erlebnisse nicht mehr statt, kommt es zu einer Krise. Die Emmausjünger erlebten eine große Not in ihrer Glaubensbeziehung zu dem allmächtigen Gott.

Sie haben die Nase gestrichen voll. Sie wollen es mit dem Glauben nicht mehr halten. Sie wenden sich bitter enttäuscht über das, was am Kreuz auf Golgatha geschah, ab. Sie sagen sich: Das ist das Ende unseres euphorischen Glaubens. Was sind wir an der Nase herumgeführt worden. Damals war Grund zu glauben, da hat sich etwas geregt, da hat sich etwas getan, das haben wir selber gefühlt, gesehen und bezeugt. Das haben wir sogar selber weitergereicht. Es ist etwas geschehen durch die Hand des Herrn, durch uns. Aber jetzt, wo Er nicht mehr da ist, geschieht nichts mehr, denn alles, was wir bisher bekommen haben, war von Ihm, die Kraft, die Autorität. Und jetzt ist Er nicht mehr da, der uns diese Kraft und Autorität gab. Was können wir jetzt noch tun? Jetzt hat der Glaube an den lebendigen Gott für uns keinen Wert mehr.

Jesus hat dieses Feuer schon einmal, nur durch Worte, freigesetzt. Dieses Feuer, das den Glauben Seiner Jünger vertiefen sollte. Es steht in Johannes 6 ab Vers 30: Die Menschen forderten mehr Zeichen und diesen Wunsch blockierte Er und sagte: Ich tue keine Zeichen mehr. Das einzige Zeichen, das noch für euch kommt, ist, daß ihr mein Fleisch essen müßt. Ich werde sterben, und wenn ihr das Opfer, das dort geschieht, nicht im Glauben annehmt, werdet ihr kein Teil an mir und kein Teil am Reich Gottes haben. Er unternimmt mit diesen Worten etwas gegen den wundersüchtigen Trend bei den Gottgläubigen und verliert dadurch an Attraktivität. Es steht dort, daß sich nach diesen Worten viele von Jesus abwandten.

Allein die Worte, die Jesus dort sagte, brachten ein Feuer in ihr Leben. Es war gar nicht, daß Er nun weg war. Der Sohn Gottes war ja noch da, und trotzdem wandten sich viele ab, so daß Er nur noch Seinen ganz kleinen Jüngerkreis fragen wollte: Wollt ihr auch gehen? Und sie spüren, wie das Feuer Seiner Worte durch ihr Herz geht. Petrus macht sich zum Sprecher: ***Wohin sollen wir denn gehen? Du hast doch die Worte ewigen Lebens.***

Das fremde Feuer

Und alle nickten und sagten Ja und sprachen auch so, heißt es in der Bibel. Jetzt kommt folgender Punkt: Die Emmausjünger haben nie recht begriffen, daß Jesus das fleischgewordene Wort Gottes war. Sie haben nicht begriffen, daß Er gekommen war, um ihnen die Botschaft des Vaters zu bringen. Sie haben nicht zugehört, wenn Er sagte: „Das Wort, das ich euch sage, ist fester als Himmel und Erde." Sie taten so, als ob sie nur weiter glauben wollten, wenn sie Jesus sichtbar und erlebbar vor sich haben. Nur Sein Wort, das war ihnen zu wenig.

Jetzt geschieht folgendes: Sie erleben plötzlich eine Menge anderer Predigten. Jesus ist gestorben, und die Worte, die Er zu ihnen gesprochen hat, haben sie vergessen. Ich sage dir, daß das Feuer Gottes in deinem Leben dich soweit bringen kann, daß du fragst: Wo ist mein Jesus, der mich so oft gesegnet hat? Das Feuer Gottes wirkt in dir einen Zustand, daß du sagst: Herr, womit und warum habe ich das verdient? Und es kommt uns vor, als ob Ungerechtigkeit über uns kommt, als ob alle Verheißungen, die in der Bibel sind, plötzlich lügen. Es ist, als ob wir aussortiert werden wie etwas, das in Quarantäne muß. Wir haben in dem Moment, wo das Feuer Gottes zu uns kommt, nichts vorzuweisen. Auch nicht großartige siegreiche Segnungen, die von uns ausgehen. Nein, es scheint so, als ob wir das Opfer eines fremden Feuers geworden sind. **Und das große fremde Feuer, das zuerst ansetzt, ist unser eigenes.** Es fängt an, all die guten Worte, die Gott in uns gelegt hat, zu verbrennen. Es verbrennt die Botschaft, die Jesus in uns hineinlegen wollte. In solchen Momenten ist es, als ob wir nie eine Predigt gehört haben. Es ist, als ob das Wort Gottes für uns nur noch Schall und Rauch ist. Ja, damals, als der Segen noch so lieblich durch Seinen Geist durch mich floß, konnte ich diese Worte glauben. Da hatte ich Zutrauen, und ich habe sie zitiert, aber jetzt, da in meinem Leben etwas geschieht, das ich nicht verstehe, was geradezu meinen Glauben auslöschen will, jetzt ist dieses Wort Gottes wie eine Anklage, wie ein Gespött, wie ein Witz. Was soll das? Diese Verheißung provoziert mich: ***Ich bin bei euch alle Tage.*** Die Emmausjünger gingen allein. obwohl Er doch gesagt hat: „Ich bin bei euch alle Tage.“ Aber sie hatten ihre eigene Vorstellung, wie Er alle Tage bei ihnen bleiben soll. Und dann brennt dieses fremde Feuer in uns, und es verbrennt die gute Saat, das Wort Gottes in uns.

Solch einen Zustand gibt es in vielen Herzen des Volkes Gottes. Du hast nicht gerade dieses verzehrende Feuer erlebt, wie diejenigen, die mit ansehen mußten, wie Jesus gekreuzigt wurde und starb, aber du hast erlebt, daß du verletzt worden bist in einem aufrichtigen Dienst am Reich Gottes, daß du nicht geachtet worden bist, daß du nicht geehrt worden bist, daß du noch eins oben drauf bekommen hast. Du hast ein Gebet voller Glauben gesprochen, aber die Antwort ist nicht gekommen, und je länger es dauert, desto mehr bist du der Überzeugung, daß das Wort Gottes ein Hohn ist. Da steht: Wenn man aufrichtig bittet, schenkt Gott – aber es kommt nichts. Das sind solche Momente, wo etwas, das Gott uns zusagt, bei uns nicht recht greifen will. Sieh mal, die Emmausjünger sind Leute, die sich abgewandt haben und sehr frustriert sind. Sie haben sich an diesem Ort noch eine ganze Zeit aufgehalten. Sie blieben den ganzen Samstag in Jerusalem, obwohl sie aus Emmaus waren. Denn der Herr ist kurz vor dem Sabbat, am Freitagabend, gestorben und ins Grab gelegt worden. Sie waren schockiert, gebannt von dem, was dort geschah. Sie versteckten sich ängstlich. Sie merkten, die Krise kommt. Je länger es dauerte, umso mehr. Und dann, irgendwann treffen sie den Entschluß, sich abzuwenden von den anderen Frommen, die noch durchhalten und sich im Hauskreis hinter verriegelten Türen treffen und vielleicht noch ihre Gebete sprechen. Aber da passen sie nicht mehr hin, da können sie nicht mehr mit.

Und auf ihrem Weg nach Hause haben sie in ihrem Herzen nur eine Botschaft, als sie einen Wanderer treffen, der sich zu ihnen gesellt. Und diese Botschaft kommt regelrecht mit Empörung heraus: Du bist der einzige in Jerusalem, der nicht weiß, was hier in den letzten Tagen geschehen ist! Du bist wohl nicht up to date, weißt wohl nicht, wo die Glocken hängen? Du bist der einzige, dem nicht auffällt, daß die Liebe in vielen erkaltet! Du bist der einzige, der nicht mitkriegt, daß die Gemeinden schrumpfen und die Pastoren erschöpft und ermüdet umfallen! Du bist der einzige, der nicht merkt, daß die Leute über Jesus Christus Witze machen! Blasphemische Filme gehören zum Alltag in unserem christlichen Deutschland. Bist du der einzige, der das nicht weiß? Harte Zeiten sind angesagt. Es gibt keine Ehrfurcht mehr. Besser, wir treten jetzt leise. Die große Zeit der Begeisterung ist vorbei, als noch Tausende zusammenliefen, um das Wort Gottes zu hören. Ein anderer Trend ist jetzt da.

Und was ist mit denen, die propagieren, daß der Herr Sünden vergibt und Kranke heilt, die Belasteten erquickt und befreit? Alles schön und gut, alles hatte seine Zeit. Aber diese Zeit ist nicht mehr. Jedenfalls nicht in unserem Leben. Bittet mich nicht, für einen Menschen zu beten, ich habe kaum Glauben für mich selber!

Ein fremdes, dunkles Feuer brennt in den Herzen der Emmausjünger. Es verbrennt die Verheißungen und Zusagen Gottes, die in Jesus Christus Ja und Amen sind.

Das echte Feuer

Der Wanderer, dem diese Vorwürfe gemacht werden, kontert:

Oh, ihr Unverständigen und im Herzen zu träge, an alles zu glauben, was die Propheten geredet haben! Habt ihr das Prophetenwort nicht mehr? Ist euch das verloren gegangen? Das ist doch euer Schulbuch, damit seid ihr groß geworden. Es ist euch doch wieder und wieder gesagt worden. Was ist mit diesen Zusagen? Wo sind sie bei euch? – Andere Worte haben euer Herz erfüllt.

Und plötzlich zündet Jesus durch Seine Worte ein anderes Feuer an. Es ist das Feuer des Heiligen Geistes. Er zitiert das alte Wort Gottes: Lukas 24, 26

> ***Mußte nicht der Christus dies leiden und in seine Herrlichkeit hineingehen? Und von Mose und von allen Propheten anfangend, erklärte er ihnen in allen Schriften das, was ihn betraf.***

Was tut Er, dieser Wanderer? Er verweist auf das gesunde, gute, alte Wort Gottes, das **immer** da ist. Egal, ob im Moment etwas erlebt wird oder nicht.

Während dieser Mann zu ihnen redete, spürten sie es und sprachen wie aus einem Mund:

> ***Brannte nicht unser Herz in uns, wie er auf dem Weg zu uns redete und wie er uns die Schriften öffnete?***

Vorher hatte keiner dem anderen gesagt, was in ihm vorging, denn sie hatten so eine Art Übereinkunft geschlossen: Wir sind jetzt die Enttäuschten, und wir haben allen Grund dazu. Wir haben unsere Argumente, und wer dagegen redet, dem sagen wir das Hauptargument: Du weißt wohl nicht, was hier zur Zeit abläuft!

In der Tat kann man in dieser Weise weitermachen: „Leute, ihr wißt ja gar nicht was hier läuft! Die Ungerechtigkeit nimmt überhand. Die Medien lassen kein Evangelium zu. Unsere Gesellschaft wird überrollt mit atheistischem, Gott lästernden Gedankengut. Christen, verbarrikadiert euch, so lange ihr noch glauben könnt. Zieht euch zurück, es lohnt sich nicht mehr, noch viel zu wagen. Kerkert euch ein. Haltet zusammen. Zeichnet ein kräftiges Feindbild."

Es gibt manchmal gute Ansätze, aber irgendwann einmal erlischt dieses Feuer wieder. Das haben wir selbst gesehen, als Jesus noch da war.

Man kann in dieser Glaubenshaltung leben. Aber ich frage dich vor Gott: Was nützt dir dieser Glaube? Was nützen dir diese Gedanken? Du haderst mit deinem Schicksal! Du prangerst die Not an, die du tragen mußt, und indirekt letztendlich auch Gott, dem du kaum noch zu begegnen wagst, weil Er sie zugelassen hat. Du verwirfst Gott zwar nicht. Irgendwie ist Er ja noch da für dich, aber eben sehr unverständlich.

Der Bayer sagt dann immer: Herrgott. Da spürt man schon die Distanz. Den Herrgott begreift keiner. Nur nicht zu nahe kommen lassen, den Herrgott. Kopf runter. Gehe durchs Leben, tue Recht, scheue niemand und sieh zu, was du daraus machst.

Gott hat dich viel zu lieb, als daß Er dich so läßt wie du bist.

Es gibt ein brennendes Herz, und dieses brennende Herz wird durch ein ganz schlichtes, altes, bekanntes Wort ausgelöst: ***Der Herr selbst war bei ihnen alle Tage***, nicht erkennbar für sie. Auch an diesem dunklen Tag ihres Lebensabschnittes. Es ist ein schwaches Bild für das, was einige von euch durchgemacht haben, denn die Jünger haben nur für einige Stunden diese Krise durchlaufen müssen. Eines weiß ich: Je früher ein Mensch in seiner Krise von dem Wort Gottes, das in seinem Herzen Feuer freisetzt, erreicht wird, desto schneller die Wiederherstellung, das Auffangen. Aber je länger ein Mensch mit einer Not, mit einem Schicksal hadert, je länger ein Mensch die Welt des Glaubens nicht mehr versteht, desto schwieriger ist es, ihn herumzulenken. Je länger ein Mann sagen muß: „Herr, ich habe mit beiden Händen gewirkt, mich nicht geschont und meinen Schweiß gelassen. Wo ist deine Bestätigung?"

Je länger Schwermut in einem Herzen Raum findet, desto schwieriger ist es, in diesem Herzen ein Feuer anzuzünden, das Leben und Wärme spendet und Ungutes verbrennt. Der Herr fing an, bei den Emmausjüngern die falschen negativen Gedanken der Mutlosigkeit mit Seinem Feuer anzuzünden, und legte Seine Gedanken in ihr Herz. Sie spürten, der Mann hat etwas zu sagen. Und sie luden Ihn in ihr Haus ein. Sie wollten mit ihm zusammen sein und mehr von diesen Gedanken hören, die wie Öl für das müde Herz waren, wie Balsam für die Wunden des Glaubens. Mehr von diesen Worten, die mein Herz erregen! Ich spüre, wie hier etwas neues vorbereitet wird. Und tatsächlich, der Herr bricht das Brot, gibt symbolisch sich selbst und vollbringt das Wunder der optischen Auflösung. Sie erkennen: Das war der Herr, wie er das Brot brach. Und wie Er jetzt vor uns verschwindet, das kann natürlich auch kein Mensch. Das ist der Herr. Und sie sprachen zueinander: Wir haben das Feuer gespürt, als Er zu uns sprach, das Feuer, das uns abholt aus unserer Resignation.

Ich möchte dir etwas sagen: Es gibt einen großen Unterschied zwischen menschlicher Motivation und himmlischer Motivation. Wenn du durch langes Harren und Warten in deinem Herzen krank geworden bist, wenn du in deinem Herzen verletzt, enttäuscht und müde geworden bist, was auch immer der Grund gewesen sein mag, ich sage dir: Es ist nicht damit getan, daß du dich durch Worte, die nicht vom Geist Gottes stammen, motivieren läßt. Du brauchst die Beseitigung der Enttäuschung und Entkräftung und obendrauf Motivation von Gott. Du brauchst das Feuer in deinem Herzen, das die Gedanken verzehrt, die dich lähmen wollen. Und ich bete mit euch, daß Gott uns mit diesem Feuer aufsucht, damit die erste Liebe wieder alle Kammern unseres Herzens ausfüllen kann. Die erste Liebe soll großen Raum in unserem Inneren haben. Nicht die erste Liebe macht uns träge, sondern die lähmenden Gedanken machen uns träge. Und wahrscheinlich hat der Herr das gesehen, denn Er regt sich ein bißchen auf und sagt: ***Oh, ihr Unverständigen und trägen Herzens!*** Und zeigt ihnen was ihr Herz träge macht: falsche Gedanken in ihrem Herzen, falsche Auswertung von Erfahrungen mit negativem Ausgang.

Die göttliche Agape-Liebe kommt, indem Gott unsere natürliche Art, Ihn zu lieben, zum Versagen führt.

Anstatt zu vertrauen, daß Gott auch diese Situation zum Besten führen wird, hat man diese und jene kribbelige und schwierige Situation zum Anlaß genommen, enttäuscht zu sein. Aber wir sind ja robust und stecken einiges weg. Kopf hoch und weiter mit dem

Herrn! Aber ich sage dir: Es ist in deinem Herzen. Du kannst es nicht überwinden in deiner eigenen Kraft: Kopf hoch und weiter! Sondern, was in dein Herz gekommen ist, bedarf des Feuers! Und wie kommt das Feuer zu uns? Wenn wir es zulassen, dann spüren wir, wie Gott Situationen aus unserem Leben wieder eine neue Aktualität gibt, von denen wir dachten, daß sie schon abgehakt, schon vergessen seien.

Gottes Feuer kommt dorthin, und es ist, als ob uns der Rauch in der Nase beißt. Wir spüren die Hitze. Irgendetwas läuft hier, Herr. Gib mir mehr davon! Hauptsache, es geschieht! Und mit dieser Botschaft, so habe ich den Eindruck, soll ich dieses Vertrauen und diesen Glauben wecken: Gib dich dem Feuer hin, auch wenn es dich befremdet, auch wenn es dich unruhig macht. So etwas geht immer voraus, bis die erste Liebe durch Seinen Geist wiederhergestellt ist. Denn Jesus tauft sehr wohl mit Seinem Geist, aber wenn nötig, kommt Er auch mit Seinem Feuer in dein Leben. Er ist bereit, dich mit Seinem Geist zu führen, aber wenn nötig, muß Er auch Sein Gericht in dein Herz senden, um abzubrennen was Ihm widersteht. Denn man kann nicht gleichzeitig die Liebe Gottes in seinem Herzen haben und trägen Herzens sein. Gott hat dich viel zu lieb, als daß Er dich so läßt wie du bist. Wenn Jesus nicht etwas entzündet hätte in den Herzen der Emmausjünger, dann hätte Er eine Mischkultur hinterlassen. Ein bißchen Kummer des Herzens mit ein bißchen Enttäuschung und Frustration und ein bißchen wundersame Begegnung mit Jesus und Ermutigung.

Aber das Wort Gottes brennt zunächst in dieser Richtung: Gott, der Herr, räumt auf! Er räumt auf durch Sein Wort und durch den Geist, der in diesen Worten ist.

Ich möchte Euch von Gott etwas sagen. Speziell für Leute, die eine starke Entmutigung in ihrem Leben haben und das auch wissen. Du hast schon viele Predigten gehört, und manchmal war es auch so, als ob dein Herz brannte. Aber ich habe beobachtet, daß die Emmausjünger, obwohl ihr Herz anfing zu brennen, noch nicht umgeschwenkt sind in ihrer Glaubenshaltung. Allein die Verkündigung muß in dir noch nicht auslösen, daß du umschwenkst. Erst, als der Herr Jesus sich den Emmausjüngern in einer besonderen Weise offenbarte, schwenkten sie um. Ich bin sicher, daß die Emmausjünger, wenn sie Jesus nicht eingeladen hätten, bei ihnen zu bleiben, im Laufe der Nacht und des nächsten Tages vielleicht noch die eine oder andere Bemerkung über diese merkwürdige Unterhaltung auf dem Weg aufgearbeitet und erläutert hätten. Aber dann wären sie wieder zur Tagesordnung übergegangen. Und obwohl das Feuer des Wortes zu ihnen kam, wäre es nicht zu einer Veränderung gekommen. Mein Herz ist schwer in dieser Richtung. Ich denke, es ist von Gott, speziell für diejenigen unter uns, die dasitzen und sagen: Ja, das stimmt, jetzt, wo er es sagt, kommt es mir wieder in den Sinn. Daß es Veränderung aus Not gibt, daß das Wort Gottes unwandelbar ist. Es stimmt, und es tangiert mich auch und berührt mich auch im Herzen. Aber es so richtig zulassen und sich dafür öffnen, das hat keinen Wert, das bringt nicht viel.

Wenn Jesus mit uns mehr vorhat, wird Er auf das wesentliche Thema des Reiches Gottes zu sprechen kommen: unsere Liebe zu Ihm.

Aber ich soll dich aufrufen, der du so gut wie kaum auf Aufrufe, sich Jesus und Seinem Wirken zu öffnen, reagierst. Ich soll dich heute rufen. Ich rufe nicht den, der leicht dem Rufen des Herrn folgt und sich hingibt und Ihn wirken läßt. Ich rufe vorrangig den, der es schwer hat, das konsequent für sich glauben zu können, daß der Herr eine Änderung schafft, daß das Feuer in den Herzen einen Sieg herstellt.

Wir wollen für diejenigen beten, die merken, daß das Feuer Gottes vor ihrem Herzen steht, und die in ihrem Herzen spüren, da ist durch dieses Wort eine Unruhe eingekehrt, als ob etwas Neues zu ihnen kommt, etwas, das Gott in ihrem Herzen tun will. Er will mit dem Feuer kommen und in deinem Herzen Raum schaffen und den Schrott beseitigen.

„Vater, komm, gib uns Raum in deiner Gegenwart. Du bist in unserer Mitte und ich preise dich dafür. Und wenn Du uns Dein Feuer des Geistes sendest, dann sind es die Absichten Deiner Liebe, in uns zu dringen und uns zuzubereiten, klar und konsequent auf Dich zuzugehen, wie du es mit Rebekka geschafft hast. Wir beten, Vater, daß das Werk Deines Geistes an uns jetzt geschieht und an uns Veränderungen schafft. Du bist so ein feiner Gott, der im Verborgenen Sein Werk tut. Wenn nur eins geschieht, Herr, daß die Liebe und der Eifer zu Dir sich erneuern. Daß die Mattigkeit und die Müdigkeit des Glaubens verschwindet und eine tiefe neue Begeisterung, ein herzergreifender Glaube wieder zurückkehrt. Ja, Herr, komm mit dem Feuer, damit Deine Ziele erreicht werden in unseren Herzen. Amen“ So wollen wir beten. Gerade jetzt können wir reagieren.

Kapitel 4

Wie die Liebe kommt (1)

Als sie nun gefrühstückt hatten, spricht Jesus zu Simon Petrus: Simon, Sohn des Johannes, liebst du mich mehr als diese? Er spricht zu ihm: Ja, Herr, du weißt, daß ich dich lieb habe. Spricht er zu ihm: Weide meine Lämmer! Wiederum spricht er zum zweiten Mal zu ihm: Simon, Sohn des Johannes, liebst du mich? Er spricht zu ihm: Ja, Herr, du weißt, daß ich dich lieb habe. Spricht er zu ihm: Hüte meine Schafe!

Er spricht zum dritten Mal zu ihm: Simon, Sohn des Johannes, hast mich lieb? Petrus wurde traurig, daß er zum dritten Mal zu ihm sagte: Hast du mich lieb? Und sprach zu ihm: Herr, du weißt alles; du erkennst, daß ich dich lieb habe. Jesus spricht zu ihm: Weide meine Schafe!

Johannes 21, 15 ff

Das Wort Gottes, das wir hier lesen, ist gut bekannt. Der Herr leitet hier die Aufarbeitung des Lebens eines Mannes ein, den Er schon etliche Jahre kennt und mit dem Er schon vieles erlebt hat. Er konnte ihn gebrauchen, aber Er hatte noch mehr mit ihm vor. Wenn Jesus mit uns mehr vorhat, wird Er über kurz oder lang auf das wesentliche Thema des Reiches Gottes zu sprechen kommen, und das ist die Frage nach unserer Liebe zu Ihm.

Petrus wurde diese Frage in den vergangenen Monaten und Jahren nicht gestellt. Er hat gewissermaßen versucht, seine Liebe einfach praktisch zu zeigen. Aber Jesus knüpft dort an, weil Ihn das Leben dieses Mannes interessierte, der durch seine praktische Art liebte, indem er treu, Jahr für Jahr, bei Jesus blieb. Dabei hat Jesus beobachtet, wie in das Leben und in das Herz dieses Mannes etwas hinein gekommen ist, das es Ihm unmöglich machen würde, ihn in Zukunft stärker zu gebrauchen. Die Vorgeschichte, die dieser Text beinhaltet, ist ein Erlebnis, das Jesus und Petrus im Kreise der Jünger hatten. Und zwar, bevor Jesus Christus gefangen genommen und gekreuzigt worden war. Die erste Frage, die Jesus ihm stellt, lautet: „Hast du mich mehr lieb als die anderen?“ In Matthäus 26, 33 ist diese Begebenheit festgehalten, als Jesus von Seiner Gefangennahme, von Seinem Tod und von Seinem schweren Weg spricht, den niemand mit Ihm gehen kann. Und Petrus sagte sich: „Was, den Herrn verlassen?“

Die anderen waren alle still, weil der Herr so bedrohlich und mit einem schweren Herzen zu ihnen redete. Aber Petrus sagte: ***Herr, wenn sich alle an dir ärgern, ich nie, ich bleibe bei dir.***

Was dieser Mann dort tut, ist folgendes: Er legt sich mit dieser Aussage fest. Zunächst einmal sieht er, daß die Lage bedrohlich ist. Sein Motiv ist zunächst aufrichtig. Er möchte zu seinem Herrn stehen, den er in seiner Weise liebte. Während er in dieser Weise empfand, meinte er, das muß jetzt auch gesagt werden; das wird nicht nur getan, das wird vorher festgelegt, und zwar hier in dieser Runde, wo so eine schwache Stimmung ist. Er versucht, seinen Herrn, den er auf seine Weise liebte, aufzumuntern, Ihm Trost zu geben, Ihm, der ihn so oft getröstet hatte. Jetzt kehrt sich die Lage um, und er bietet Ihm an und sagt: „Herr, wenn Dich alle verlassen, ich nicht. Wenn sich alle an Dir ärgern, ich nicht. Ich stehe zu Dir.“ Es heißt im Volksmund: Sage niemals nie. Aber der Apostel Petrus, der in dieser Situation spürte, wie die gesamte Stimmung in der Versammlung absackte, wie die gesamte geistliche Situation schwierig wurde, versuchte jetzt mit einer inneren und überzeugten Festlegung Stabilität in diese Situation zu bringen.

Wer anfängt, sich im Reich Gottes zu engagieren, wird bald merken, daß nicht nur permanent Siege verzeichnet werden, sondern daß es auch Kämpfe gibt, die manchmal bedrohlich aussehen, und man erhält den Eindruck: Das geht schief. Wenn nicht ein Wunder geschieht, geht das schief. Solche Situationen können uns Christen verleiten, in unserer eigenen Liebeskraft zum Herrn und zu Seinem Reich herbeizueilen und die Sache zu stützen und ihr die nötige Stabilität zu verleihen. Problemsituationen, Schwierigkeiten höchsten Maßes, sind oft Situationen, wo wir anfangen, innere Schwüre, innere Bündnisse zu schließen und uns aufgrund unserer momentanen Einsicht festzulegen. „Gemäß meiner Erkenntnis werde ich ganz bestimmte Dinge nicht tun, auch wenn alle anderen sie tun. Ich nicht!“ Oder wenn wir Mitmenschen ganz bestimmte Dinge tun sehen, die schlecht sind, sagen wir: „So ein Verhalten werde ich mir nie gestatten.“ Die Bibel spricht darüber sehr vehement. Mir kommt die Aussage aus Sprüche 6,2 in den Sinn, wo das Wort Gottes in Weisheit den Menschen versucht klarzumachen, **daß du verstrickt bist durch die Worte deines Mundes, gefangen bist du durch die Worte deines Mundes.**

Das zeigt uns, welche Kraft Zusagen haben. Das Schlimme ist, wenn wir in Krisensituationen ganz bestimmte Abmachungen und innere Schwüre aussprechen, werden diese oft durch eine Art Verachtung, durch die Geringschätzung anderer, stimuliert. In diesem inneren Bündnis, daß wir dieses oder jenes nie tun werden, ist quasi eine Schubkraft vorhanden, die von dem Versagen oder einer anderen extremen Verhaltensweise anderer verursacht wurde, die wir uns nach unserer momentanen Überzeugung nie aneignen würden. Das Wort Gottes sagt uns im voraus, daß diese Festlegung eine Sackgasse ist.

Deshalb bist du nicht zu entschuldigen, oh Mensch, jeder, der da richtet: denn worin du den anderen richtest, verdammst du dich selbst; denn du, der du richtest, tust dasselbe.

Römer 2, 1

Während die anderen Angst hatten, war der Apostel Petrus in seiner Liebe zum Herrn und offensichtlich aufgrund seiner robusten Natur noch in solch einer Stabilität, daß er sagte: „Ich spüre diese Angst nicht. Und selbst wenn da Angst ist, meine Natur ist es nicht, der Angst zu gehorchen und zurückzugehen und leise zu treten, sondern die Angst zu überwinden, indem ich die Offensive übernehme. In der momentanen Situation stabilisiere ich mich selbst mit klaren Aussagen." Der Anlaß war die Schwäche der Jünger. Jesus spricht davon, daß Er gefangen genommen werden wird, und daß Er sterben wird. Die anderen Jünger sind betroffen, sind traurig, hängen durch. Schwäche ist offenbar im Kreise der Jünger Jesu deutlich, aber Petrus meldet sich zu Wort und sagt: „Moment mal, Herr, auch wenn sich alle an Dir ärgern, weil ihnen Dein Weg nicht gefällt, so will ich Dir eines sagen: Ich werde mich nicht ärgern an Dir, ich halte an Dir fest, ich stehe zu Dir." Petrus muß in Anbetracht der gesamten Stimmung eine enorme eigene innere Kraft zusammengekratzt haben, um sich zu solchen inneren Abmachungen durchzuringen. Aber in Römer 2, 1 sehen wir ganz deutlich, daß er durch seinen inneren Bund quasi die Umkehrung seiner Aussage in den nächsten Tagen vorprogrammiert hatte. Denn worin du die anderen mehr oder weniger von oben herab beurteilst, wirst du selbst geprüft werden. „Wenn Johannes, der Lieblingsjünger, und die anderen sich alle an Dir ärgern, Herr, Du sollst eines wissen: Ich nicht!" Er stellt sich mit dieser Aussage über die Schwäche der anderen. Das, was dort zwischen Jesus und Petrus läuft, wiederholt sich unzählige Male in unseren zwischenmenschlichen Beziehungen.

Da ist ein Vater, der seinen Sohn schlägt. Und der Sohn sagt: „Das werde ich nie tun!“ Dadurch will er seinen Weg aus eigener Kraft festlegen. Da ist nichts, was Ihn, den Erlöser verherrlicht, sondern es ist die eigene Kraft, die geehrt wird. Später schlägt er vielleicht nicht mit der Hand, sondern mit Worten. Da ist ein junges Mädchen, das die eheliche Untreue ihrer Mutter sieht, und es sagt: „Das werde ich nie tun!“ Später finden wir sie unter den Prostituierten. Es gibt so viele Situationen, in denen Menschen aufgrund des Versagens anderer ihre eigene Lage positiv darstellen und dann aus eigener Kraft bestärken, daß sie ganz bestimmte Dinge nie tun werden. Selbst der Volksmund kennt diese Lebenserfahrung und formuliert: Sag’ niemals nie!

Komm zu Jesus und setz dein Vertrauen auf Seine Gnade.

Da ist ein Junge, der wird von seiner Mutter konsequent erzogen, und Mütter haben ein Gedächtnis von dem, was ihre Kinder sagen. In diesem Erziehungsprozeß, wo der Junge versucht, sich aus seiner Schwachheit, rauszuwinden, merkt er, daß die Mutter Argumente hat: „Du hast aber vor zwei Wochen zu mir gesagt, daß du dich bessern wirst. Und was tust du heute?“ Er merkt, daß er durch ihre Erinnerung, durch ihr Nachforschen und Beobachten seines Lebens von seiner Schwäche überführt wird, und sagt sich irgendwann einmal, wenn er immer den Kürzeren zieht: „Ich werde Mutter nichts mehr erzählen.“ Er beschließt einen inneren Bund und sagt: „Das werde ich nicht mehr tun.“ Der Junge wird von diesem Zeitpunkt an immer schweigsamer, keiner kann mehr in ihn hineinhorchen. Anderen gegenüber ist er offen, aber gegenüber seiner Mutter ist er schweigsam. Dieser Junge wird ein junger Mann, lernt eine Freundin kennen, und siehe, er redet, er spricht, er ist ganz normal in seinem Verhalten. Sie gewinnen sich lieb, kommen zusammen, heiraten, und nach zwei Jahren wird seine Freundin, seine Braut, seine Frau Mutter. Bis zu diesem Zeitpunkt war alles gut, aber jetzt, wo sie Mutter wird, kommt das alte Bündnis: „Mutter gegenüber sagst du nie etwas." Und dieser junge Mann an ihrer Seite wird schweigsam. Was ich hier erzähle, hat sich unzählige Male ereignet. Er fängt an nicht mehr zu reden. Er ist kurz angebunden, wenn er von der Arbeit kommt. Die Frau erkennt ihren Mann nicht wieder und weiß nicht, was mit ihm los ist. Er trägt ein inneres Bündnis. Er ist verstrickt durch seine eigenen Worte. Er ist gefangen in seinem Herzen. Neue Wege kann er nicht gehen, er ist gefangen in seiner Selbsterlösung. Einige meinen: Ja, kann man denn nicht wenigstens innere Bündnisse treffen bezüglich guter Dinge, indem wir uns für etwas Gutes entscheiden, so wie Petrus es getan hat?

Ich möchte dir stark davon abraten, deine Liebe zu Jesus durch innere Abmachungen, durch innere Gelübde, durch innere Bündnisse zu stabilisieren. Du wirst merken, wie deine Liebe zu Jesus Christus nach einem ganz bestimmten Zeitpunkt jämmerlich versagt, denn du baust auf deine eigene Kraft zu lieben, du baust auf deine natürliche Kraft, und sie wird keine Ehre bekommen im Reich Gottes. Der Herr möchte, daß wir an solchen Vorgängen, die hier abgelaufen sind, lernen. Und vor allen Dingen erleben, daß wir aus diesem inneren Bündnis erlöst werden durch Seine Gnade. Ich weiß es aus meinem eigenen Leben. Als ich meine Frau geheiratet habe, gab es eine Situation vor dem Angesicht Gottes. Ich las einmal das Buch „Die glücklichsten Menschen auf Erden" von Demos Shakarian. Dort wird eine Episode geschildert, wie ein Pastor in den Ehebruch fällt, und wie sein Ende ist. Ich war zutiefst bewegt und dachte: „Was für ein furchtbares Ende für diesen Mann Gottes, den Gott gebraucht hatte." Ich sagte damals zu mir: „Das werde ich, Ingolf, nie tun." Es dauerte nicht lange, da erreichte Gott mich in der Bibelstunde bei einem Schülergottesdienst, als wir einen Gast aus Amerika hatten. Der gab in dieser Situation eine rettende Botschaft und zeigte mir an Römer 2, 1, daß es wahr ist: ***Worin wir***

Gott liebt uns, unabhängig von dem, was wir leisten.

andere richten, werden wir fallen. Wenn wir uns festlegen: „Nein, so will ich nie werden!“, und du willst es besser machen und legst dich in deiner eigenen Kraft mit einem inneren Schwur fest, das wird dir später zum Verhängnis.

In dieser Einsicht bat ich Jesus um Gnade, daß Er bei mir dieses innere Bündnis zerstört, damit, wenn ich ein treuer Ehemann bleibe, nicht ich, Ingolf Ellßel, die Ehre bekomme, sondern allein Jesus Christus, der uns Menschen solch eine Gnade geben kann. Wenn du anfängst, deine Liebe zu Jesus Christus durch deine eigene innere Stabilität festzulegen, sage ich dir, daß dein Fall vorprogrammiert ist, dein Versagen kommt über dich. Infolge deiner inneren Bündnisse wird es dir große Mühe bereiten, ein Jünger Jesu zu sein. Vielleicht hast du dich aufgrund deiner eigenen guten Kraft und Erkenntnis bezüglich der zehn Gebote oder irgend etwas anderem festgelegt. Als Petrus Jesus nachging und am Lagerfeuer saß und Ihm aus eigener Kraft Liebe beweisen wollte, schwand ihm die Kraft, als ihn eine einfache Magd ansprach. Es war nicht mal ein Soldat oder ein Regierungsbeamter, sondern eine einfache Magd. Und er erlebt, worin er die anderen Jünger gering schätzte: „Wenn sich alle an dir ärgern, ich nie.“ Er merkte, wie er anfing zu erleben, daß ihm der Name Jesu Christi lästig wurde: „Ich habe nichts mit dem zu tun, laßt mich in Ruhe.“ Plötzlich ärgerte er sich, daß dieser Name ins Gespräch kam, dieser Name, den er liebte, der Name, an dem er festhalten wollte.

Liebe Schwester, lieber Bruder, lieber Freund, wenn du Hunger hast nach dem Feuer der ersten Liebe, dann sage ich dir eines: Komm zu Jesus und setz dein Vertrauen auf Seine Gnade. Er wird die Bündnisse, an die du deine letzten Kräfte verlierst, auflösen. Bekenne es als Schuld. Bekenne es als Götzendienst, daß du deiner eigenen Kraft und deinem eigenen Willen vertraut hast, damit Jesus dich aus dieser Gefangenschaft und Verstrickung deiner Worte retten kann. Wenn wir in den Predigttext, den wir am Anfang gelesen haben, ein wenig tiefer hineinschauen, werden wir folgendes feststellen: Jesus sagt zu Simon Petrus: „Hast du mich lieb?“ Und jetzt ist es gut, den Grundtext zu kennen. Im Griechischen finden wir den Begriff ***Agape***. Hast du mich lieb? Agape heißt: Hast du mich göttlich lieb? Agape, das ist die Liebe, die von Gott kommt und nichts fordert, keine Gegenleistung, bedingungslos, ganz gleich, was ist. Sie liebt. Die göttliche Liebe liebt: eine verlorene Welt, Menschen, die in der Gosse dahinvegetieren, Er liebt. Er liebt, so lange der Mensch atmet, unabhängig vom dem, was er leistet.

Jesus fragt Petrus: „Hast du mich göttlich lieb? Hast du mich mehr göttlich lieb als die anderen?“ Und da kommt Petrus die Situation in Erinnerung, als sie zusammen saßen, und wie er sagte: „Wenn sie sich alle an dir ärgern, ich nie.“ Und er gibt eine interessante Antwort: „Herr, du weißt, daß ich dich lieb habe.“ Jetzt wird es, nicht im Deutschen, sondern im Griechischen erst interessant: „Herr, du weißt, daß ich dich lieb (phileo) habe.“ Er benutzt jetzt nicht das Wort, das Jesus in Seiner Frage stellt: „Hast du mich göttlich lieb?“ Nein, Petrus antwortet auf Seine Frage: „Herr, Du weißt, daß ich Dich freundschaftlich lieb habe.“ Philia: Freundschaftsliebe. Jesus sagt: „Dann weide meine Lämmer“.

Er hat Sein Werk an dir begonnen und Er wird es auch vollenden.

Plötzlich merkt Petrus: das, was Gott ihm durch Jesus anvertraut, ist wenig. Kleine, unmündige Lämmer. Jesus geht einen Schritt weiter und fragt noch einmal dasselbe, jetzt nicht mehr im Bezug darauf, ob er Ihn mehr lieb hat als die anderen, sondern Er fragt ihn: „Hast du mich lieb?“ und benutzt wieder Agape: „Hast du mich göttlich lieb?“ Und Petrus wundert sich, denkt, mit seiner Antwort ist alles in Ordnung. Die Frage ist beantwortet, da kann Jesus doch zufrieden sein. Ich erkläre Ihm meine Liebe, und Jesus hakt nochmal nach. Er will den Petrus aus den Versprechungen, Ihn aus eigener Kraft zu lieben, herausholen. Dieser Mann blockiert wieder und antwortet genauso wie vorher und sagt: „Herr, Du weißt doch, daß ich Freundschaftsliebe zu Dir habe." Jesus fragt ein drittes Mal.

Und so ist Jesus: Wenn ein Mensch eine Botschaft von Gott empfängt, und auf diese Botschaft nicht eingeht, sondern bei dem jetzigen Stand seiner Erkenntnis stehen bleibt, dann wiederholt Er diese Botschaft, um zu unterstreichen, jetzt habe ich etwas sehr Wichtiges gesagt. Ich bitte nochmal um Aufmerksamkeit.

So geht es Menschen, wenn Jesus ihnen etwas Neues, Weiterführendes anbietet: Sie reagieren mit dem Gehabten, was sie bisher gelebt haben, Freundschaftsliebe, Liebe aus der eigenen Kraft und Anstrengung, aus dem eigenen Bemühen. Dann wendet Jesus das Gespräch und kommt auf seine Ebene herunter. Er bleibt dran und fragt ihn ein drittes Mal: „Petrus, hast du mich freundschaftlich lieb?" Plötzlich wechselt Jesus Seinen Anspruch an den Jünger. Er kommt auf seine Ebene und sagt: „Eigentlich wollte ich dich dahin bringen, mich *göttlich* zu lieben, aber du bleibst stehen, wo du jetzt bist. Ich wollte dich eigentlich vorbereiten, dich herausholen aus dem Versagen, das hinter dir liegt, aber du bleibst auf deiner Ebene." Und Petrus antwortet Ihm traurig, als ob er ahnt, worauf Jesus hinaus will, ein drittes Mal: „Herr, du weißt alles und erkennst alles und weißt, daß ich Dich freundschaftlich lieb habe."

Daraus lernen wir: Wenn die Bibel von dem Feuer und von der ersten Liebe spricht, dann spricht sie nicht von Bruderliebe oder von menschlicher Liebe, von Freundschaftsliebe. Wir alle können lieb sein, wenn wir etwas geschenkt bekommen haben, und für eine Zeit lang schaffen wir es sogar, lieb zu sein, weil wir das ewige Leben geschenkt bekommen haben. Aber auch in dein Leben kommt der Alltag, und auch in deinem Leben kommt dieser

Prozeß, daß Gott dir zeigen muß, daß deine Bemühungen, Ihn zu lieben, sich garantiert erschöpfen. Wenn ein Mensch im Blick auf sein inneres Bündnis nicht in sich dringen läßt, weil er weiter daran festhält, dann wird Resignation das nächste sein. Petrus hat genauso reagiert bis zu diesem Zeitpunkt. Er hat zwar bitterlich geweint, als Jesus ihn dort am Lagerfeuer anschaute, wo er Ihn dreimal verriet. Er ist rausgegangen und hat geheult. Er hat gemerkt, was für ein Versager er ist, nur bei sich selbst. Dann hat er Jesus, den Auferstandenen, zu Ostern gesehen. Er ist zu ihnen in den Hauskreis der Jünger gekommen, und Petrus hat erkannt, daß Er auferstanden ist. Und trotzdem wurde offenbar, daß seine Kraft, Ihn zu lieben, erschöpft war, als er zurückging, um wieder seinem Handwerk, dem Fischen, nachzugehen. Genau dort suchte Gott ihn auf und sagte ihm: „Wenn du an meiner Seite in einen dauerhaften geistlichen Dienst willst, wenn du an meiner Seite in die Kraft meiner Vollmacht kommen willst, dann mußt du dich hineinführen lassen in die Agape zu mir, hineinführen lassen in die Liebe aus meinem Geist. Sie allein wird dich befähigen, an meiner Seite zu stehen und diesen Dienst zu tun." So ruft Gott uns auf und bereitet einen Weg, dringt in uns, holt unsere Erinnerungen raus, wo wir uns Gott gegenüber festgelegt haben in eigener Kraft, wo wir uns zwischenmenschlich festgelegt haben und leiden. Gott will einen breiten Strom Seiner Gnade durch uns gehen lassen. Es ist viel Gnade da, den Herrn zu erleben, denn Er will in unseren Herzen einen Weg bereiten, damit die Liebe Seines Geistes, göttliche Liebe, in uns zu Hause ist, damit sie fließt wie eine Quelle, die in unserem Herzen zu Jesus fließt und zu denen, die Jesus lieb hat. Das sind die Schwestern und Brüder in unserer Gemeinde, aber auch die Mitmenschen. Jesus ist da, um Seine Liebe in dein Herz auszugießen. Jesus hat es vorbereitet. Trotz mangelnder Erkenntnis hat Er es vorbereitet. Trotz mangelnder Erkenntnis von Petrus hat Er für ihn Pfingsten vorbereitet. Er hat für Petrus das göttlich liebende Geschenk vorbereitet, obwohl ihm die Erkenntnis fehlte, wie es Jesus eigentlich meinte. Und so sind auch wir.

Wir versuchen, treu, christlich, brav, diszipliniert als Christen dem Herrn nachzufolgen, aber der Herr hat etwas Neues vorbereitet. Er hat auch für dich ein Pfingsten vorbereitet. Er hat eine Ausgießung Seiner Kraft vorbereitet. Er will mit Seinem Heiligen Geist in dein Herz kommen. Er will deine Freundschaftsliebe erhöhen und austauschen mit göttlicher Liebe zu Ihm. Diese göttliche Liebe ist nicht abhängig von dem, was geschieht. Diese göttliche Liebe ist nicht davon abhängig, ob Gott gerade so segnet, wie wir es erwarten, oder ob alles so läuft, wie wir denken, wenn man von Gott gesegnet ist. Nein, diese Liebe kann sich schmähen lassen, wie es Stephanus widerfuhr. Er wurde verworfen und trotzdem liebte er seinen Herrn. Er konnte niederknien und sich steinigen lassen, und während die Steine auf ihn niederprasselten, ihm Schmerzen zufügten, sieht er Ihn und liebt Ihn. Die erste Liebe bringt eine andere Qualität mit sich, die unser Verhalten im Reich Gottes verändert.

Das gilt über diese Versammlung hinaus: Gott weiß, was uns in der letzten Zeit als Volk Gottes bevorsteht, wo der Teufel doch weiß, daß er nicht mehr viel Zeit hat, weil der Bräutigam Seiner Braut entgegenkommt und sie holen wird. Aber Jesus weiß, daß dieser Teufel versuchen wird, Seine Braut schmutzig zu machen, diese Braut niedergeschlagen zu machen, diese Braut töricht werden zu lassen, so daß ihre Lampen ausgehen, daß der Geist Gottes in ihrem Leben fehlt, daß sie sich der Resignation und der Ermüdung in der letzten Zeit unterwirft, einschläft und nicht klug ist, nicht vorbereitet auf das, was kommt. Jesus wußte, daß die erste Gemeinde nach Pfingsten Verfolgung erleben wird. Aber die göttliche Liebe hielt sie. Die Liebe aus der Geisteskraft hielt sie, und überall entstanden Gemeinden. Die Mission wurde nicht unterbrochen und erreichte sogar uns.

Der Herr hat sein Werk begonnen, und er wird es vollenden (Philipperbrief 1, 6). Er hat auch ein Werk in dir begonnen, genauso, wie Er es in Petrus begonnen hat.

Und das sind die Gnadenarme Jesu, die auch heute geöffnet sind. Er sagt: Ich habe ein Werk in dir begonnen, ich werde es auch vollenden. Gib dich mir hin, laß uns in ein Zwiegespräch kommen. Komm unter meine Kraft, die ich für dich vorbereitet habe. Ich sehe, worin du mit Bündnissen verstrickt bist, wo du auf dich gesetzt hast. Und ich sehe, wie es dir zum Fluch geworden ist in deinem eigenen Leben. Ich sehe, wie du unter diesem Fluch leidest, aber ich will dich da herausholen, denn ich habe mein Werk in dir begonnen, und ich will es vollenden. Deswegen klopfe ich an deine Tür, und komme zu dir, um bei dir Einlaß zu finden. Wenn du die Stimme Gottes hörst, verstocke dein Herz nicht, sondern gib Ihm Raum, damit Er Sein Werk in dir tun kann. Bleib nicht bei deiner alten Erkenntnis stehen, verlange nach mehr von Ihm, verlange nach Seiner göttlichen Liebe.

Kapitel 5
Wie die Liebe kommt (2)

Im vorangegangenen Kapitel gingen wir der Frage nach: Wie die Liebe kommt, und wie unsere natürliche Art, Gott zu lieben, zum Versagen führt. In diesem Kapitel möchte ich dir vertraut machen, wie man mit dieser Liebe umgeht, dieser übernatürlichen Fähigkeit, Gott und seinen Nächsten zu lieben wie sich selbst.

Agape-Liebe ist die übernatürliche Liebe von Gott, die uns befähigt, unabhängig von den Umständen Gott dauerhaft zu lieben.

Die Bibel lehrt uns in Micha, einem der kleinen Propheten im Alten Testament, daß uns bereits gesagt worden ist, was für uns als Menschen gut ist:

> ***Gottes Wort halten, Liebe üben und demütig sein vor unserem Gott.***
>
> Micha 6, 8

Wir wissen, daß wir zu allen drei Bereichen die Kraft und die Gnade des Heiligen Geistes brauchen, denn Er ist es nach Hesekiel 36, 26, der Gottes Satzung in unser Herz legt.

Das Üben der Liebe ist ebenfalls ein Werk des Heiligen Geistes, denn ohne Liebe empfangen zu haben, können wir keine Liebe weitergeben. Wir sehen, daß bei der Umsetzung des Wortes Gottes eine Art Zusammenarbeit geschieht. Nachdem der Geist Gottes Seine Satzung in unser Herz gelegt hat, sind wir durch unsere freie Willensentscheidung immer noch dafür verantwortlich, die Dinge, die nach dem Wort Gottes für uns und unsere Mitmenschen gut sind, auch zu tun, z.B., wenn es in unsere Gedanken kommt, daß es jetzt gut wäre, einem Menschen zu helfen oder für eine Zeit zu beten. Selbst wenn Gott etwas in unser Herz legt, behalten wir unseren freien Willen und müssen durch unsere Entscheidung diesen Impuls umsetzen. Das betrifft auch den zweiten Punkt unseres Themas:

Es ist dir gesagt, oh Mensch, was gut ist: Liebe üben.

Wir merken, daß die Liebe des Geistes Gottes erst durch das Ausüben der Liebesregung in unsere Herzen kommt, sich manifestiert und zu einem Segen für uns wird. Die Liebe zu Gott kann in uns verkappt und isoliert sein, wenn wir das, was Gott uns gibt, nicht einsetzen und dadurch freisetzen. Eine der stärksten Formen, wie Gott uns liebt, ist, indem Er in Liebe zu uns redet, in Liebe auf uns einspricht. Es gibt so wunderschöne Passagen in der Bibel, wo Gott Seine Liebe Seinem Volk, den Menschen, die Er geschaffen hat, durch Worte vermittelt. Zum Beispiel:

Ich habe dich je und je geliebt, du bist mein.

Jeremia 31, 3

Gott spricht zu dir durch Sein Wort und spricht zu uns liebevoll, drückt in Seiner Liebe aus, wie sehr Er uns begehrt.

***Ich habe dich in meine beiden Händen gezeichnet,
ich werde deiner nicht vergessen.***

Jesaja 49, 16

Durch die Verkündigung Seiner Worte zeigt Gott uns Seine Liebe. Er übt die Liebe, indem Er sie ausspricht, indem Er sie bekundet. Gott zeigt uns, worin die Liebe lebt, nämlich in der Bekundung der Liebe, in der Ausübung dessen, was die Liebe in unserem Herzen andeutet. Es gibt Menschen, die sind ungeschickt im Bereich der Liebe. Sie sind nicht geübt zu lieben.

Wir haben das Wort Gottes betrachtet, und es wird deutlich, daß wir erst befähigt werden, auf Seine Liebe zu reagieren, wenn wir uns zuvor von Gott lieben lassen. So liegt dieses Defizit mancher Menschen, daß sie nicht fähig sind, Liebe auszuüben, sie weiter zu geben, sie darzustellen, darin, daß sie womöglich nie recht geliebt worden sind. Obwohl wir als Deutsche in einem christlichen Abendland groß geworden sind, ist es nicht üblich, daß man früh an die Liebe Gottes herangeführt wird. Es ist eine traurige Entwicklung in unserer Gesellschaft, daß die Unfähigkeit zu lieben Überhand nimmt, so daß viele in Elternhäusern groß geworden sind – wenn sie noch das Vorrecht hatten, in Elternhäusern groß zu werden –, in denen sie keine Liebe oder wenig Liebe oder eine dürftige Form der Liebesmitteilung erlebt haben. Gott versucht uns jetzt in Seine Qualität der Liebe hineinzurufen. Er versucht uns bekanntzumachen, wie man liebt. Ich möchte ein Beispiel aus einer Reportage anführen, in der eine Prostituierte interviewt wurde. Wie es denn angehe, daß es nach wie vor Kundschaft in ihrem Milieu gibt, und was das für Kundschaft sei. Nach ihrer Statistik sind es auch viele Ehemänner. Da fragt der Journalist: „Wie kommt es, daß Ehemänner zu Ihnen kommen?“ „Nun“, sagt sie, „das liegt einfach daran, daß die Ehepartnerinnen offensichtlich viele Bedürfnisse ihrer Männer in Liebe abdecken, aber diese Form der Liebe nicht recht praktizieren oder nicht viel davon verstehen.“

Gott hat Seine Liebe zu uns offenbart, indem Er Seinen einzigen Sohn gab, damit wir nicht gerichtet werden.

Es ist ein plumpes Beispiel, aber es zeigt, daß es verschiedene Varianten und Formen der Liebe gibt, die es umzusetzen gilt. Ich akzeptiere das Argument der Prostituierten nicht als eine Befürwortung für Prostitution, sondern ich nehme das Argument eher als eine Ermutigung: Laßt uns Liebe üben. Laßt uns die Fähigkeit suchen, so vielfältig wie möglich nach Gottes Ordnung Liebe auszuüben. Eine der stärksten Formen, wie wir Liebe ausüben können, ist das gesprochene Wort, oder wie es in Italien üblich ist, Oh Sole Mio, das gesungene Liebeswort. Es ist eine Liebesverkümmerung, daß es bei uns nicht mehr üblich ist, sich vor das Haus seiner Geliebten zu stellen und das erworbene Gut aus dem Gitarrenunterricht und der Gesangsstunde in Liebesreichtum umzusetzen. Mitgeteilte Liebe ist eine Tat.

Der eigentliche Predigttext zum Thema „Wie die Liebe kommt“, ist nachzulesen in Epheser 1, 12.

Der Herr, der an uns alles nach Seinem Vorsatz wirkt, hat ein Ziel, nämlich folgendes:

... damit wir zum Preise seiner Herrlichkeit seien.

Der Apostel Paulus nennt die Berufung eines Christen zu Gott: Wir sollen Leute sein, die ihre Liebe zu Gott so ausdrücken, daß sie hörbar wird, daß sie ausgeübt wird, indem wir Gott, den Lebendigen, preisen. Vielleicht hat sich der eine oder andere gewundert, wie stark wir nur auf diese drei Elemente bezogen unsere Gottesdienste gestalten: Sehr stark das Element des Lobpreises, danach die Zeit in der Gott Sein Wort zu uns redet, und danach die Zeit, in der wir Gott im Gebet antworten.

Wie der Schmelztiegel für das Silber und der Ofen für das Gold, so ist der Lobpreis da, um den Menschen zu reinigen.

Letztendlich entdecken wir eines: Gott liebt uns. Keiner von uns muß Gott überreden, uns zu lieben. Gott hat Seine Liebe gezeigt durch Sein Wort. Gott hat Seine Liebe offenbart, indem Er Seinen einzigen Sohn gab, auf daß wir nicht gerichtet werden. Gott hat Seine Liebe gezeigt, indem Er die, die an Ihn glauben, nicht alleingelassen hat auf dieser Erde, sondern Er hat ihnen Seinen Heiligen Geist gegeben. So nimmt Er sich unser an. Gott hat Seine Liebe in so vielfältigen Dingen gezeigt.

Er ist ein lebendiger Gott, der gesund ist und der reden kann. Er hat immer geredet. Er hat immer Seine Leute in unser Leben gesandt. Er hat Seine Bücher, Kassetten und Videos in unser Leben gesandt.

Er hat immer versucht, mit uns den Kontakt aufrecht zu erhalten, weil Er weiß, daß die Liebe vom Gespräch, von der Zuwendung zueinander lebt. Was Gott sucht, ist unser Liebesgespräch zu Ihm. Er kommt in großer Liebe zu uns. Er sagt uns, daß wir uns nicht sorgen sollen, und spricht Worte in großer Liebe, inhaltsreich. Er sagt zu uns aus Liebe wunderbare Dinge. Wie wir unser Leben gestalten können, damit es segensreich wird. Jede Zuwendung aus dem Wort Gottes ist offenbarte, ausgeübte Liebe zu uns. Wer in das Feuer der ersten Liebe Gottes hineinkommen will, wer auch so lieben will, wie Gott uns liebt, der soll sich üben, die göttliche Liebe wahrzunehmen und zu praktizieren. Das tun wir, indem wir anfangen, von Gott Gutes zu reden, indem wir anfangen, Gott zu loben, indem wir ununterbrochen fortfahren, Gott Worte der Liebe entgegenzubringen. Und das Herz, das den Geist Gottes hat, will sich offenbaren durch unsere Stimme, durch unsere Zunge, durch unsere Lippen. Es will aufsteigen und Seine Liebe zu Ihm offenbaren durch die Kreativität des gesungenen Wortes und durch die Tat des gesprochenen Wortes. Wir sind gesetzt von Gott, um Ihn zu erhöhen, um Ihn zu loben.

Jedes Ehepaar, jedes verliebte Pärchen lebt davon, jede Freundschaft, jede Kameradschaft lebt davon, daß man sich einander Gutes sagt, daß man auf das schaut, was gut ist, daß man das erwähnt, was lobenswert ist und was hilfreich war. Jede Kameradschaft, jede Freundschaft, jedes Ehepaar wird über kurz oder lang in kräftige Liebeskrisen hineinkommen, wenn es anfängt, die

Unterhaltung miteinander immer nur mit Problemen zu füllen. Wann immer der Mensch aufhört, die Liebe zu erneuern, indem er Lobenswertes und Gutes erwähnt, fängt die Krise an. Schau einmal hinein in einen Menschen, dessen Liebesbeziehung zu Gott erkaltet ist, und frage ihn, was er in den letzten Monaten, vielleicht Jahren, an Worten Gott gegenüber geäußert hat. Das werden Worte sein wie: „Gott, warum läßt Du mich allein? Gott, warum hörst Du nicht mein Gebet? Gott, warum muß ich das alles durchleiden? Gott, warum läßt Du das zu? Warum hast Du mir diesen Wunsch noch nicht erfüllt?“ Solche Worte haben einen Inhalt der Klage und des Vorwurfes. Jede Liebe wird erstickt, wenn Klage und Vorwurf sich permanent die Hand geben durch den Mund eines Menschen, der angeblich meint zu lieben. Wir können das zu Genüge untereinander ausprobieren, aber bitte tue es nicht, es schadet dir nur. Wer seiner Liebesbeziehung zu Gott nicht schaden will, der muß lernen, wie man mit Gott umgeht. Der muß lernen, wie die Liebe Gottes in dem Leben eines Christen aufrecht erhalten wird. Er muß lernen wie die Liebe des Heiligen Geistes funktioniert, welche Wege sie geht. Es ist dir gesagt, oh Mensch, was gut ist für dich und für deine Beziehung zu Gott: Übe die Liebe!

Wir sagen so oft: „Herr, komm mit Deinem Geist und segne mich. Komm auf mich, Heiliger Geist.“ Und Er kommt, manchmal kraftvoll. Aber was machen wir mit dem empfangenen Gut dieser Agape-Liebe? Verbrauchen wir sie selbstsüchtig für uns? Und dann, nachdem wir Seine Liebeszuwendung für uns verbraucht haben, kommen wir wiederum zu Ihm und sagen: „Gott, liebe mich noch einmal, das war so schön.“

Du wirst entdecken müssen, daß die Liebe, die von Gott ausgeht, nur lebt, wenn sie zu Gott zurückkehrt. Und jeder Mensch, der dieses Üben der Liebe Gottes zu Gott hin nicht praktiziert, hat bildhaft gesprochen ein Herz mit einem großen Loch, aus dem die

Liebe Gottes schnell wieder abfließt, ohne eine bleibende Kraft in ihm darzustellen. Ich ringe mit diesen Worten darum, daß der Lobpreis zu Gott keine liturgische Abhandlung unserer Gottesdienste ist, und daß der Lobpreis des Volkes Gottes zu dem Herrn, der sie liebt, nicht beschränkt wird auf die Lobpreiszeit des Gottesdienstes und womöglich besonderer Lobpreisgottesdienste, sondern daß der liebende, lobende, preisende Umgang mit Gott ein Lebenstil wird. Die Liebe Gottes so geäußert, wird deine Liebe zu Gott reinigen. In Sprüche 27, Vers 21 steht, wie das vor sich geht, wenn ein Mensch seine Liebe zu Gott äußert und ausübt. Es wirkt genauso wie ein Schmelztiegel, in den Silbererz gelegt worden ist, um es zu reinigen. Wer das Feuer der ersten Liebe dauerhaft in seinem Leben haben möchte, den rufe ich hinein in den Lebensstil eines dankbaren, gottvertrauenden, Gott lobenden Herzens. Das Wort Gottes sagt uns, wenn du in dem Geist Gottes leben willst, dann ...

Sage Gott Dank allezeit für alles.

Epheser 5, 20

Es ist interessant, daß der Kontext dieses Wortes vorweg äußert, wie wir mit diesem Agapegeist Gottes, mit diesem Liebesgeist Gottes, gefüllt werden können. Das Wort Gottes bleibt beim Empfangen allein nicht stehen, sondern zeigt uns, wie die Liebeserneuerung und die Qualitätssteigerung dieser Liebe in unserem Leben zu Stande kommt. Ich habe das beobachtet, wo Christen sich nicht methodisch, sondern von Herzen hingegeben haben, ihren Herrn zu loben. Dort geschah folgendes: Je länger, je mehr, je häufiger sie es taten, umso stärker erlebten sie Reinigungsprozesse, die sie gar nicht erst durch einen Worthinweis gesucht haben, sondern die einfach infolge ihres Liebesumgangs mit ihrem Gott, mit ihrem Erlöser entstanden sind. Ich habe mittlerweile unzählige Wiedergutmachungsbegegnungen beobachtet im Rahmen von Lobpreis und Anbetung Gottes. Für mich ist Lobpreis und Anbetung Gottes Ausübung von Liebe zu dem, den ich lieben möchte. Als verheirateter Mann weiß ich, wie gut es tut, wenn man einander Worte der Liebe vermittelt. Wir spüren, während wir uns mit liebevollen Worten sagen, wie uns dieses und jenes gefallen hat, lernen wir einander schätzen. Wann immer ein Wort der Dankbarkeit als Ausdruck der Liebe herüberkommt, hat das immer zusammen geführt, nicht auseinander. Und wenn Leute die erste Liebe zu Gott suchen, dann wird sie sich offenbaren, wenn man mit seinem Gott Gemeinschaft hat. Aber glaube nicht, daß du deinem Gott sonderlich tief begegnen kannst, wenn du unter den Klagenden bist, unter denen, die Gott im Gebet mehr oder weniger Vorwürfe machen: „Warum hast Du nicht ...?“ Ich habe auch Leute in einem kommandierenden Ton zu ihrem Gott beten gehört: „Herr, jetzt mach Du noch dieses und mach noch das..., und in der nächsten Zeit, Herr, heile noch diese und jene ....“ Ich dachte mir: Was ist das für ein Umgang? So rede ich mit meiner Frau doch auch nicht. Vielleicht kommandiert man in dieser Art Menschen herum, die man nicht sehr schätzt. Aber man sollte lernen, sie zu lieben, damit das aufhört. Deswegen ist die Liebe zum Nächsten erst wirklich göttlich befähigt, wenn wir lernen, Gott gegenüber Liebe zu üben. Ich gebe jetzt keine Eheberatung, aber die Ehe ist ein Abbild von dem Umgang mit Gott und auch dem Umgang in der Gemeinde. Ich möchte nur sagen, es würde uns allen gut tun, von unserem Herrn liebend, lobend, erhöhend, gutmachend, aufwertend zu reden und zu singen; unserem Gott mit Freude zu begegnen, denn Freude ist ein Ausdruck von Liebe. Wenn du eine tiefere Liebesbeziehung haben willst, dann drücke deine Freude zu Gott aus, denn wie der Schmelztiegel für das Silber und der Ofen für das Gold, so ist der Lobpreis da, um den Menschen zu reinigen. Das ist die Bestimmung unseres Lebens. Wenn die Bibel sagt, daß die Liebe das Größte ist, dann sollte das Größte in unserem Leben häufig vorkommen, meint ihr nicht auch?

Wer negativ redet, wer flucht, wer zornig und haßerfüllt redet, wer ängstlich und sorgenvoll redet, wer ablehnend spricht, der hat Probleme. Je mehr du das tust, um so mehr Probleme hast du. Aber wer das Geheimnis der Liebe kennengelernt hat, die größte Kraft allen Lebens, wer gelernt hat, sie zu praktizieren, wird folgendes beobachten: Es ist Kraft für dein ganzes Menschsein, es ist erhebende Kraft für deinen Alltag, für deinen Umgang mit deinem Gott. Wenn ich von einer Dienstreise zurückkomme und meine Kinder mich freudig in den Arm nehmen und sagen: „Schön, Daddy, daß du wieder da bist", da frage ich mich, warum sie das tun. Sicherlich, weil sie wissen, es wird wieder schön. Es wird wieder liebevolle Situationen geben, wenn ich da bin. In meiner Abwesenheit kann diese Ausübung der Liebe nicht stattfinden, aber wenn ich da bin, findet sie statt. Deswegen ist Freude der erste Akt des Glaubens, um Liebe zu praktizieren, wenn man seinem Gott entgegengehen will. Lebe Freude aus und sage deinem Gott: „Ich freue mich schon, denn der Umgang mit Dir wird liebevoll, wird lebensbereichernd, wird erhebend sein. Es ist schön Gott, daß es Dich gibt!" Bei dieser Zuwendung wissen wir, jetzt geht es wieder los, wir lieben uns auf unsere Art, und jeder macht Fortschritte den Herrn zu lieben. Der eine macht eine Art innerer Umarmung mit seinem Herrn, schließt liebkosend, hingebungsvoll seine Augen und sagt: „Herr, ich komme zu Dir." Weißt du, daß du das Gnadenvorrecht hast, deinen Gott so zu lieben, besonders wenn du Gott dienen darfst? Du begegnest Gott bei deiner Arbeit und es ist gut, wenn du dich immer wieder ermutigst und sagst: „Gott, wir haben uns ja nicht nur während der Arbeit lieb, sondern auch ganz privat." Und für mich brennt hier das Feuer, das die Liebe erweitert, das die Liebe zu unserem Gott ausbreitet. Ich möchte dich stark ermutigen, deiner Zunge zu verwehren zu klagen und Zweifel auszusprechen, denn Gott hört zu. Er hat gesagt: „Du bist mein Kind, ich kümmere mich um dich, hab keine Furcht, ich bin bei dir alle Tage. Ich bin zu dir gekommen, und ich bin der Stärkere, stärker als der, der in der Welt ist. Ich bin bei dir, mein Kind." Und der, der uns in Liebe solche Dinge sagt, hört, wenn du klagst, hört, wenn du jammerst. So wie die Kraft des Geistes zunimmt, wenn du Ihm Raum gibst, während du Gott liebst und Ihn lobst und Ihn erhebst über deinem Leben, so sicher gibst du der Finsternis Raum und Kraft, wenn du klagst und murrst, wenn du Haß und Sorgen propagierst und manches mehr, wozu wir so in der Lage sind.

Liebevoller Umgang ist ein Lebensstil, in den Gott uns ruft. Wir wollen diesen Lebensstil praktizieren, aber das soll nicht mit dem Ablauf des Gottesdienstes beendet sein, sondern soll nur eine gemeinsame vertiefende Übung sein. Manche Leute versuchen, in bestimmten Bereichen besonders gut zu sein. Im Sport wird sehr viel trainiert. Wir sahen auf unserer Sylvesterfeier jemanden, der mit Bällen jonglierte und er erzählte uns, wie oft er geübt hat, stundenlang. Viele Stunden vergingen, bis dieses Kunststück gelang und er sich diese Fähigkeit angeeignet hatte. Willst du einer sein, der Gott liebt? Möchtest du dir die Fähigkeit aneignen, Gott zu lieben? Dann übe diese Liebe und praktiziere sie.

So rede ich Satz für Satz permanent dasselbe und versuche, diesen Nagel tief zu schlagen. Es ist so schön, wenn wir uns miteinander, Gott lobend, unterhalten und sagen: „Ist Gott nicht gut, daß Er dies und jenes getan hat? Ist Gott nicht gut, wir sehen Ihn nicht, und trotzdem ist Er da." Da kann man richtig kreativ werden. Ich wundere mich manchmal über die Kreativität der Welt, sich in den Schimpfworten zu steigern. Man kann sich ja gar nicht so schnell daran gewöhnen, was es da so alles gibt. Worte, die man vor 10 Jahren nicht über die Lippen gebracht hätte, bei denen man sich die Ohren zugehalten hätte, sind heute geläufig. Ich wünsche mir unter denen, die Gott lieben möchten, Kreativität im Gotteslob. Du wirst merken, während du Gott lobst, obwohl du Ihn nicht siehst, ist Er trotzdem da, das macht auch deinen Nächsten froh, das erheitert deine enge Liebesverbindung zu dem Herrn, das springt über auf den Nächsten, der das hört. Genauso tangiert dein Ärger deinen Nächsten, und deine Frustration zieht ihn runter. Wir haben doch nun wirklich einen Gott, der es wert ist, geliebt zu werden. Gott sprach einmal durch Maleachi 3, 14:

> ***Worin habe ich euch vernachlässigt, wo habe ich nicht zu euch geredet, worin habe ich euch nicht gesegnet, warum habt ihr euch abgewendet von mir? Ihr sprecht, es lohnt sich nicht, dem Herrn zu dienen, ihr sprecht, es lohnt sich nicht, auf den Herrn zu harren.***

Ich sehe hier einen Gott, der voller Liebe ist und sich wundert, daß Er nicht zurückgeliebt wird. Er eifert um diese Liebesbeziehung wie ein Verliebter, der eine mucksche Geliebte hat: Schatzibummelchen, nun sei doch nicht so launisch.

Jetzt müßte meine kleine Tabitha da sein, die könnte von Freddy, dem Esel, dieses wunderbare Lied singen:

Meckern ist blöd, Danken ist gut!
Schau dir nur die Sonne an,
dann hast du wieder Mut.
Ich sag dir, sei nicht so dumm,
dreh dich mal um,
von dem vielen Meckern
wird dein Gang noch ganz krumm.
Ich sage: Danken ist schön,
Danken ist schön,
Dankeschön!

Text: Olaf Franke (siehe Impressum)

Das soll jetzt keine mit Humor gewürzte Unterhaltung sein, sondern der Aufruf zu einem neuen Liebeslebensstil mit dem lebendigen Gott. Je mehr es solche Leute gibt, umso schöner wird es in den Gemeinden, und umso schöner wird es in den Zusammenkünften von Menschen. Ich wünschte mir, daß unsere Bundesregierung einen Forschungsetat von mehreren Milliarden Mark freisetzen würde, durch den wir Christen beschäftigen könnten, um kreativ zu erforschen, wie man Gott mit Worten und Gesang liebt. Ich wünschte mir, es kämen mehr Neuheiten aus diesem Bereich des christlichen Marktes. Wir haben uns schon so erschöpft, wir sind so flach geworden. Das Feuer der ersten Liebe geht tiefer und will tiefer.

„Oh Gott, schenke uns Neues in diesem Bereich, stell' uns auf eine ganz neue Ebene, wenn wir Dich loben und preisen mit unseren Liedern. Komm uns so nahe, daß der schlimmste Griesgram fröhlich wird. Schaffe Wunder unter uns."

Ich muß mich an diesem Punkt zügeln, aber eines weiß ich: Immer, wenn Gott Wunder tun wollte, dann hat Er Seinen Leuten gesagt: Kommt, bringt eure Musikinstrumente mit (2. Chronik 22), stellt euch hin, lobt meinen Namen, denn ich will in eurer Mitte Wunder tun.

Als Jona im Bauch des Wales saß, fing er an, Gott zu loben und zu preisen, und erfuhr seine Rettung. Als Paulus und Silas mit wunden, offenen, schmerzenden Rücken im Gefängnis saßen, fingen sie an, Gott zu lieben, indem sie Ihm Loblieder sangen und Ihm, unabhängig von ihren Umständen, ihre Herzen hingaben und Ihn liebten. Während sie Ihn liebten, offenbarte sich die Liebe Gottes situationsgerecht in ihrem Leben in einer neuen Kreativität: Die Kerkertüren gingen auf!

Ein Psalmist hatte einen Wunsch frei vor Gott (Psalm 85, 7), er hätte ja beten können: Rette die Welt und tu Wunder und heile die Kranken. Er betete:

> ***Willst du uns nicht wieder beleben, daß dein Volk sich in dir freue?***

Er wußte, wenn diese Liebesbeziehung zu Gott da ist, dann ist Er nahe, und dann kommt alles andere (Matthäus 6, 33). Wir wünschen uns von Gott häufig: Komm bitte her, tu doch das eine oder andere sensationelle Wunder, daß die nächste Veranstaltung wieder gut besucht wird, damit es sich lohnt, hierher zu fahren. Und, ach ja, Herr, hier ist so manches Leid, hilf doch. So, nun hast Du geholfen. Danke! Jetzt gehen wir wieder in unseren Alltag.

Das erste Gebot aber ist: ***Ich bin der Herr dein Gott.***

Das größte Gebot aber ist: ***Du sollst Gott lieben.***

Laßt uns folgendes zur größten Sache in unserm Leben machen: Gott zu lieben. Du weißt, daß es sich dann nicht mehr verhindern läßt, daß du für alle gutwilligen Leute ein liebenswerter Mensch bist. Hast du dich je gefragt, warum du manchmal einsam bist? Hast du dich je gefragt, warum manche Menschen nichts mit dir zu tun haben wollen? Ich sage dir eines: Wer Gott einmal geschmeckt hat, bewußt oder unbewußt, den zieht es immer wieder zu Gott, auch wenn er zwischendurch anderes probiert hat. Es zieht ihn immer wieder zu Gott, weil die Liebe Gottes nicht ersetzbar ist. Wenn du möchtest, daß auch du Zuwendung bekommst, dann fang an, Gott zu lieben, und die Liebe Gottes wird bei dir sein, und deine Mitmenschen werden die Liebe Gottes bei dir suchen. Sie werden dich besuchen. Sie werden nach dir fragen. Der Teufel weiß das, und er wird versuchen, das Werk der Liebe mit allen Mitteln zu verhindern, aber wir wissen, daß wir uns freuen dürfen (1. Petrus 1, 8), mit einer herrlichen Freude.

> ***Den ihr liebt, obgleich ihr ihn nicht gesehen habt; an den ihr glaubt, obwohl ihr ihn jetzt nicht seht, über den ihr mit unaussprechlicher und geisterfüllter Freude jubelt.***

Ich habe den Originalausdruck „verherrlichte Freude" nach meinen biblischen Einsichten mit „geisterfüllter Freude" ersetzt. Herrlichkeit meint Heiliger Geist. Mit einer herrlichen Freude ist eine geistgewirkte Freude gemeint. Das wollen wir tun und es geschehen lassen, auch als nüchterne Menschen.

Ich habe nicht die Nase gerümpft, wenn sich Liebespaare auf Bahnhöfen oder Flughäfen euphorisch in die Arme fielen. Schon oft habe ich dort gestanden und mich gefreut. Noch 130 km, dann machst du das gleiche. Es gibt schon Leute, die kommen in einen Gottesdienst und schauen sich an, wie wir uns begrüßen und sagen: „Tz, tz, tz, na, na, na."

Komm steh auf, lerne deinen Gott kennen, fang an, dich in Ihm zu freuen. Laßt uns jetzt eine Zeit der Freude vor Gott haben, in der jeder das gehörte Wort umsetzen kann. Wir erwarten, daß sich dadurch die Liebesbeziehung zu Gott vertieft und unsere erste Liebe erneuert wird. Ich wünsche dir, daß du deine Verkrampfung ablegen kannst, daß du deine Unsicherheiten ablegen kannst, weil du weißt, daß du geliebt bist. Das ist der Kern des Evangeliums. Ablehnung macht unsicher, aber Annahme macht sicher, und Gott möchte dich sicher machen im Blick auf Seine Liebe zu dir, und genauso möchte Er deine Liebe zu Ihm zu heller Glut entfachen. Es ist die Agape-Liebe, die von Ihm ausgeht, die durch dich fließt und wieder zu Seinem Thron aufsteigt – der selige Kreislauf geistlichen Lebens mit Ewigkeitsqualität, das Wesen des Himmels.

Kapitel 6
Liebe und Ruhe

Jesus Christus spricht:

> ***Kommt her zu mir, alle ihr Mühseligen und Beladenen! Und ich werde euch Ruhe geben.***
>
> Matthäus 11, 28 (Elb.)

Dieses Kapitel ist eine Ergänzung, eine weitere Ausführung der vorangegangenen Themen, die uns in diesem Buch beschäftigt haben: Das Feuer der ersten Liebe. Wir haben in dem Wort Gottes zu erkennen versucht, was Liebe überhaupt bedeutet, und haben festgestellt, daß uns dort ein großes Spektrum begegnet. Wir haben unsere Ohnmacht, in der rechten Weise zu lieben, erkannt, aber uns wurde auch die Gnade offenbar, daß Gott uns beschenkt und befähigt zu lieben. Gottes Liebe kann zu uns kommen, ***denn die Liebe Gottes ist ausgegossen in unsere Herzen durch den Heiligen Geist*** (Römer 5, 5).

Wir wollen aber nicht töricht sein und das Ausüben dieser Liebe vernachlässigen. Wir wollen das Wesen dieser Liebe wahrnehmen, empfangen, praktizieren und umsetzen und nicht in einer falschen Euphorie nur davon reden.

Es ging im ganzen Buch um die Liebe zwischen Gott und uns. Die Quintessenz und Konsequenz ist die Liebe zum Nächsten. Ich bin sicher, wenn unsere Liebe zu Gott echt ist und wir sie genießen, dann läßt es sich nicht verhindern, daß auch wir andere Menschen werden im Umgang mit denen, die uns nahestehen, die in unserer Umgebung sind, mit denen wir das Leben teilen, sei es zu

Hause oder auf der Arbeit oder im Freundeskreis. Ich habe zwei Stichpunkte als Thema gewählt: **Liebe** und **Ruhe**.

Unser Text sagt etwas Liebes von Jesus. Er will nicht nur von Liebe reden, Er will aus Liebe handeln. Nach der Liebesbekundung kommt auch die Liebestat.

Wir sehen an diesem Text, wie Jesus das auch tut. Er spricht zu den Menschen, die hier, nach meiner biblischen Forschung, auf dem Laubhüttenfest (hebr. Sukkot) sind. Die Parallelstelle ist zu lesen in Johannes 7, 37. Das ist ein Fest, das Gott angeordnet hat, ein Fest, das wir vergleichen mit dem Erntedankfest. Bei Mose heißt es das Lesefest. Man hat die Früchte geerntet, die Gott hat wachsen lassen und feiert in Dankbarkeit zu Ihm. Auf diesem großen traditionellen Fest in der Gemeinde Israel ging es in der Regel hoch her. Inmitten dieses Festes fehlt Jesus. Erst am letzten Tag kommt Er auf das Fest und erhebt Seine Stimme. Es heißt: ***Am letzten Tag, als das Fest am schönsten war, erhebt er seine Stimme und sagt: Wen da dürstet, der komme zu mir*** oder:

> ***Kommet her zu mir, alle, die ihr mühselig und beladen seid; ich will euch erquicken.*** (Luther)

Normalerweise denkt man: Feste, die müßten doch genug hergeben, die müßten doch genug innere Kraft geben, da kann doch keiner mehr mühselig und beladen sein, es kann doch gar nicht sein, daß einer noch der Erquickung bedarf. Obwohl es der letzte und schönste Tag dieses Festes ist, tritt Jesus ganz konträr zur gesellschaftlichen Stimmung auf und spricht „Komm!“ Er praktiziert Liebe. Er sieht, daß Menschen manchmal gruppendynamisch mitgerissen werden, aber innerlich gar nicht dabei sind. Er sieht, daß einige vielleicht gute Miene machen und sich nicht quer verhalten wollen zu denen, die sich versammeln und das Angesicht Gottes suchen. Aber Sein Auge sieht jeden einzelnen Menschen, und Er übergeht ihn nicht, sondern Er fragt nach ihm und sagt: „Auch für dich habe ich noch etwas, du mußt jetzt hier keinen christlichen Knigge an den Tag legen und aus deinem Herzen eine Mördergrube machen. Wenn es denn so ist, daß du eine Mühsal in deinem Herzen hast, dann komm, ich habe etwas für dich. Ich habe Ruhe für dich." Dieser Text hat mich tief getroffen, weil er einfach zur Ehrlichkeit vor Gott aufruft, weil Jesus uns nicht in der Gruppe oder in der Masse abfertigt, sondern ein sehr persönlicher Herr ist. Vielleicht sagst du dir: Fasten- und Gebetswoche, das ist zu fromm für mich, das schaffe ich nicht. Jeden Abend Gottesdienst, das übersteigt meine Aufnahmekraft. Ich bin in meinem Glauben so eine kleine Leuchte, das hilft mir alles nicht, das überfordert mich. Da höre ich wieder Dinge, die ich tun muß, und ich schaffe es schon jetzt nicht umzusetzen, was ich weiß. Wir haben einen persönlichen Herrn, Jesus Christus, der in das persönliche Lebensumfeld hineinspricht, und Er kann es nicht lassen, in Seiner Liebe nach uns zu fragen, und Seine Liebe ruft uns zur Ruhe.

Jesus möchte, daß wir von unserer Bemühung, Gott zu gefallen, endlich zur Ruhe kommen.

Das Generalthema, das Feuer der ersten Liebe, ist unheimlich aufregend. Feuer ist ein aufregendes, faszinierendes Element, das Licht und Wärme schafft, aber auch Gericht bringen kann.

Inmitten dieses Themas ruft uns der Herr, in einer Art Liebesdienst, zur Ruhe. Was ist das für eine Ruhe, in die Er uns bringen will? Nun, ich bin sicher, es ist eine Ruhe, bei der wir in unserer Bemühung, Gott zu gefallen, endlich zur Ruhe kommen sollen. Denn die Liebe Gottes will uns göttlich beschenken – Agape. Sie will uns göttlich befähigen, aus der religiösen Anstrengung herauszukommen. Es gibt Menschen, die mit diesem Verständnis in unsere Gottesdienste kommen, und ich sehe nicht selten, wenn es darum geht, etwas von Gott zu empfangen, daß sie sich innerlich anstrengen, verspannen und verkrampfen, als ob es daran läge, wie wir uns innerlich abmühen, um Seine Liebe zu empfangen oder nicht. Er ruft uns, in Seiner Liebe von unseren eigenen Werken zur Ruhe zu kommen. Das, was ich hier auslege, stammt nicht aus meiner Gedankenwelt, sondern das habe ich in Gottes Wort gelesen. Wir können es gemeinsam lesen in Hebräer 4, Verse 3 und 5:

Der Gläubige kommt zur Ruhe in dem vollkommenen Werk der Erlösung.

Wir gehen nämlich in die Ruhe ein als die, die geglaubt haben, wie Er gesagt hat:

> ***So schwor ich in meinem Zorn: Sie sollen nimmermehr in meine Ruhe eingehen!***
>
> ***Und das sagte Gott, obwohl er diesen Ort der Ruhe von allem Anfang an bereit hielt.***
>
> 1. Mose 2, 2

Vers 5: Und an dieser Stelle wiederum:

> ***Sie sollen nimmermehr in meine Ruhe eingehen!***

Es ist Gottes Sehnsucht und Bemühen, uns in Seine Ruhe zu rufen, die wir in dem vollkommenen Gnadenwerk der Erlösung finden. Doch der gottferne Mensch wird in diese Ruhe nicht hineinkommen.

Zwischen den Versen 3 und 5 finden wir Vers 4:

Er sprach in 1. Mose 2, 2 von dem siebten Tag: ***Und Gott ruhte am siebten Tag von allen seinen Werken.***

So schwor ich in meinem Zorn: Sie sollen nimmermehr in meine Ruhe eingehen!

Hebräer 3, 11

Der Herr ist zornig, wenn wir uns anmaßen, Seinem Liebeswerk, Seinem Gnadenwerk, das Er durch Jesus Christus am Kreuz vollbracht und uns geschenkt hat, noch eins oben draufzusetzen. Er sieht es als Götzendienst an, wenn wir noch besser sein wollen als das, was Er verkünden läßt. Es ist alles vollbracht! Alles! **Die Liebe Gottes ruft uns heraus aus unserer Anstrengung.**

Wir leben in einer leistungsorientierten Gesellschaft, und wir sind Kinder und Erziehungsprodukte dieser Gesellschaft und erleben nicht selten, daß die Erziehung Gottes konträr dazu geht. Wir finden Anerkennung, wenn wir Gutes tun. Wenn wir stark sind in unserer Leistung, dann bekommen wir von unserem Chef eine Gehaltserhöhung. Er gibt uns eine Anerkennung. Väter und Mütter gehen so mit ihren Kindern um, Liebesdienst kommt erst nach Dienstleistung. Doch der Herr ruft uns heraus aus unserer eigenen Kraft, weg von unseren Werken. Wieviel Eifer verzehrt die Kraft von Christen, wenn sie versuchen, mit ihren inneren Werten Gott die Treue zu halten. Wieviele, unendlich viele schwierige Diskussionen werden darüber geführt, wie man Gott nun am besten seine Liebe beweisen kann. Diese Menschen laufen hier und da zu einem frommen Fest, haben mächtig viel organisiert und wollen Gott danken, damit Er auch mächtig beeindruckt ist von ihrer Mühe, Ihm ihre Liebe zu zeigen. Doch Gott sendet Seinen Sohn und holt die Leute aus ihrem Streß, Gott zu gefallen, und ruft sie in Seine Liebesruhe: Kommt her zu mir, die ihr euch so viel Mühe macht, mir mit eurer Danksagung zu gefallen, mit eurer Art, vor mir zu leben. Ich will euch eine Ruhe zeigen. Der Hebräerbrief erwähnt den Sabbat, den Sonntag, den Ruhetag, den siebten Tag der Woche, an dem auch Gott, der Herr, von Seinen Werken ruhte. So will Er uns zeigen, daß auch Er eine Sabbatruhe geschaffen hat, die Er die Zeit der Gnade nennt. Ich bin der Überzeugung: Seit Jesus am Kreuz auf Golgatha ausgerufen hat: ***Es ist vollbracht!***, ist eine Sabbatruhe im Umgang mit Gott eingetreten. Wir werden nicht mehr aufgerufen, mit unserer Kraft das Gesetz zu erfüllen. Wir werden nicht mehr aufgerufen, unter dem Druck der Gebote immer wieder unsere Schwachheit und unser Versagen zu erkennen, sondern wir werden aufgerufen, auszuruhen von unserem Bemühen, Gott zu gefallen und darin Seine Liebe zu suchen. Josua ermutigte das Volk, das in eigener Kraft durch die Wüste gegangen war, und sagte ihnen in Kapitel 1, 13:

> ***Der HERR, euer Gott, schafft euch Ruhe und gibt euch dieses Land!***

In Ruth 1, Vers 9, heißt es:

> ***Der Herr gebe euch, daß ihr Ruhe findet.***

Wir sehen, daß die Liebe Gottes eine Absicht hat: Wir sollen in Seine Verheißungen hineinkommen – tiefe innere Geborgenheit, unabhängig von dem, was äußerlich geschieht.

Als ich meine Frau kennenlernte, strengte ich mich mächtig an, ihr zu imponieren. Die ganze Unsicherheit, aller Krampf legte sich schlagartig, als sie mir ihre Liebe bekundete. Jener Tag war meine Einkehr in die Ruhe der Liebe. Alle vorherigen Bemühungen, welche Jugendliche wohl zu mir paßt, kamen zur Ruhe. Ich suchte nicht mehr, ich hatte gefunden.

Das Wesen göttlicher Liebe erklärt sich in 1. Korinther 13, 1-3 selbst:

> ***Wenn ich in den Sprachen der Menschen und der Engel rede, aber keine Liebe habe (Agape – gottgeschenkte Liebe), so bin ich ein tönendes Erz ge-***

> ***worden oder eine schallende Zimbel. Und wenn ich alle Prophetie habe und alle Geheimnisse und alle Erkenntnis weiß, und wenn ich allen Glauben habe, so daß ich Berge versetze, aber keine Liebe habe, so bin ich nichts. Und wenn ich alle meine Habe zur Speisung der Armen austeile, und wenn ich meinen Leib hingebe, damit ich Ruhm gewinne, aber keine Liebe habe, so nützt es mir nichts.***

Jetzt will ich dem Wesen der Liebe nachgehen, denn sie bringt Ruhe.

Die Liebe ist langmütig. Kannst du die Ruhe spüren? Hast du mal einen ungeduldigen Menschen erlebt? Ist er nicht anstrengend, bringt er nicht Unruhe in unser Leben?

Die Liebe ist gütig. Wie erregend und ereifernd, wenn einer keine Güte hat, weit ab von Ruhe.

Die Liebe neidet nicht. Wieviele hitzige Diskussionen, wieviele Verletzungen durch Neid, wieviel Herausreißen aus der Ruhe.

Die Liebe tut nicht groß. Wie furchtbar, wenn Christen mit dem wetteifern, was sie von Gott bekommen haben. Wie furchtbar, wenn Gemeinde eine Versammlung von Leuten ist, die geistlich Karriere machen wollen, wie anstrengend so eine Gemeinschaft außerhalb der Gnadenruhe und Liebe Gottes, wenn Leute groß tun.

Sie bläht sich nicht auf. Wie schwer fällt es uns, zuzuhören, wenn sich andere selbst loben und in den Mittelpunkt stellen.

Sie benimmt sich nicht unanständig. Wie peinlich und innerlich beunruhigend, wenn wir mit ansehen müssen, daß Leute unanständig sind.

Sie sucht nicht das Ihre. Was für ein egoistischer Trip, wenn Leute Gott für sich pachten und nicht sehen, daß die Liebe allumfassend ist.

Sie läßt sich nicht erbittern. Was für schwierige Friedensgespräche, Krisensitzungen bei erbitterten Menschen, wieviel Nervenkraft geht verloren und wieviel Unruhe entsteht bei solchen Treffen.

Sie rechnet das Böse nicht zu. Wie erschlagend, wenn einer Buch führt, über unsere Schwächen und nicht die Liebe Gottes walten läßt, sondern das alles benutzt, um uns in der Hierarchie der gruppendynamischen Prozesse auf den letzten Platz zu verweisen.

Sie freut sich nicht über die Ungerechtigkeit, sondern sie freut sich über die Wahrheit. Wie schön, wenn Leute die Wahrheit lieben und nicht leichtfertig jedem Geschwätz glauben. Wenn sie der üblen Nachrede nicht hörig sind, sondern sich davon distanzieren, damit die Ruhe der Liebe Gottes unter uns wohnt.

Sie erträgt alles, sie glaubt alles, sie hofft alles. Wie schön ist es, mit Menschen zusammen zu sein, die uns zunächst so annehmen, wie wir sind, so wie auch sie selbst angenommen worden sind. In der großen Liebe Jesu nehmen sie andere an. Das ist die Ruhe der Liebe Gottes. Wie oft kommt der Feind, der Teufel, und sät bezüglich der Verheißungen und Zusagen Gottes Zweifel in unser Herz. Wie schnell sind wir dabei, uns zu ereifern, und versuchen uns mit größter Kraftanstrengung selbst zu schützen und zu verteidigen, aber die Liebe führt in die Ruhe des Vertrauens hinein, egal, woher der Sturm bläst. Wo nichts mehr zu hoffen ist und sich Verzweiflung breit machen will, dringt die überwältigende Kraft der Liebe Gottes zu uns durch und befähigt uns, Worte der Hoffnung auszusprechen. Und selbst, wenn andere sich daneben benehmen, ist das nicht Anlaß zu einem internen Kampf, sondern die Liebe erduldet auch das. Was für eine große Liebe gilt es da im Leben zu empfangen. Wenn irgendein Mensch glaubt, daß es ihm an der Liebe Gottes nicht mangelt, dann soll er die Worte aus Korinther 13 tief an sich wirken lassen. Er wird merken, wie wenig dauerhaft die Liebe Gottes in seinem Leben ist.

Was für eine Herausforderung, im Feuer der ersten Liebe zur Ruhe zu kommen, zur Ruhe zu kommen von den Werken unserer eigenen Natur, die da sind:

Unzucht, Unreinheit, Ausschweifung, Götzendienst, Zauberei, Hader, Eifersucht, Zornausbrüche, Selbstsüchteleien, Zwistigkeiten, Parteiungen, Neidereien, Trinkgelage, Völlereien und dergleichen. Wir kennen die Werke des Fleisches aus Galater 5, 19 f.

Wenn wir aber auf Jesus sehen, dann sehen wir offene Arme. Die Liebe Gottes soll in uns triumphieren und uns in einen königlichen Stand erheben. Ich möchte eine Schriftstelle aus dem Römerbrief anführen, wo es um das Wirken des Geistes in uns geht, die Ausgießung Seines Geistes, Seiner Liebe in uns:

> ***Wir wissen aber, daß denen, die Gott lieben, alle Dinge zum Besten dienen, denen, die nach seinem Vorsatz berufen sind.***
>
> Römer 8, 28

Was für eine Liebesäußerung geht von Gott zu uns aus! Es ist eine Gnadenberufung, eine Prädestination, die wir nicht verstehen können. Viele von uns haben sich gefragt: Warum durfte ich Jesus kennenlernen, und anfangen, Ihn zu lieben, den Erlöser, den Sohn Gottes. Warum gerade ich? Wir wissen nicht, warum! Es ist Sein Vorsatz, Seine Gnade. Freue dich darüber und wisse: Wenn du Gott liebst, wenn du in Seinem Geist lebst und wandelst, dann wirst du nicht in den Werken des Fleisches und in den eigenen

Werken, die so viel Unruhe schaffen, zu Hause sein. Sondern es gibt einen anderen Lebensstil, aus dem heraus wir Gott lieben. Lebe die Liebe Gottes, und Er offenbart sich so, daß du nicht permanent in der Sorge für Übermorgen leben mußt und dein Gebein innerlich verschmachtet. Es heißt so schön:

> ***Ein fröhliches Herz bringt gute Besserung, aber ein niedergeschlagener Geist dörrt das Gebein aus.***
>
> Sprüche 17, 22

Die Liebe Gottes ruft dich in Seine Ruhe. Er ist für dich da. Er liebt dich. Und aus diesen Zusagen entsteht der Triumph. Paulus sagt in Römer 8, 33f:

> ***Wer wird gegen Gottes Auserwählte Anklage erheben? Gott ist es, der rechtfertigt und sich dazwischen stellt für uns. Wer will verdammen? Christus Jesus ist hier, der gestorben, ja vielmehr, der auch auferweckt ist, der zur Rechten Gottes ist und sich auch für uns verwendet.***

In unserer Gesellschaft gibt es ein schwaches Beispiel dafür. Wenn du von jemandem bedrängt wirst, der dir Unrecht schafft, dann gibt es Rechtschutz, und du kannst einen Anwalt anrufen und ihn bitten, diese Angelegenheit für dich auszufechten. Wenn du aber versuchst, dein Recht mit deinen eigenen Mitteln und Möglichkeiten einzuklagen, wirst du merken, daß viel Unruhe in dein Leben kommt. Was für ein langwieriger Prozeß, was für eine schwierige Gesetzesmaterie. Zuletzt könnte der im Recht stehen, der die Materie besser kennt. Aber wir haben einen himmlischen Anwalt, Jesus, der sich für uns verwendet. Wo auch immer deine Bedrängnis herkommt, in welcher Not und Überforderung du lebst, wisse eines: Während du Gott liebst und in der Liebe bleibst, hast du einen Fürsprecher, der sich für deine

Sache verwendet und einsetzt. Aus diesem Grund triumphiert Paulus, wegen dieses guten Anwaltes im Himmel.

> ***Wer wird uns scheiden von der Liebe Christi? Bedrängnis oder Angst oder Verfolgung oder Hungersnot, Blöße oder Gefahr oder Schwert? Wie geschrieben steht: Um deinetwillen werden wir getötet den ganzen Tag: wie Schlachtschafe sind wir gerechnet worden. Aber in diesem allen sind wir mehr als Überwinder durch den, der uns geliebt hat.***
>
> Römer 8, 35f

In der Liebe Gottes ist Überwinderkraft. Wenn du sagst, du liebst Gott, und du drückst deine Freude durch Gebet, Danksagung und Lobpreis aus, dann freue ich mich mit dir, aber ich wünsche, daß deine Liebe zu Gott so stark ist, daß du inmitten von Schwierigkeiten auch unter den Überwindern bist.

Aber in diesem allen sind wir mehr als Überwinder durch den, der uns geliebt hat. Denn ich bin überzeugt, und jetzt kommt die Härte des Lebens, ***daß weder Tod noch Leben*** (und es gibt ein langsames Sterben, es gibt die Furcht vor dem Sterben, es gibt die Schwester des Todes, das ist die Krankheit, aber es gibt auch das überdrüssige, fette Leben, das flache Leben), ***weder Engel noch Gewalten, weder Gegenwärtiges noch Zukünftiges, noch Mächte, weder Höhe noch Tiefe, noch irgend ein anderes Geschöpf wird uns scheiden können von der Liebe Gottes, die in Christus Jesus ist, unserem Herrn.***

Gepriesen sei Gott! Ich wünsche, daß der Segen Gottes mit dir geht, und daß du die Liebe Gottes in ihrem ganzen Reichtum in deinem Leben ausleben kannst. Ich wünsche mir, daß du bei den Überwindern zu finden bist, bei denen, die sich gestatten, ein gelassenes Herz zu haben, aus diesem liebenden Vertrauen zu dem, der unser Anwalt ist. Dann wirst du vorbildhaft denen etwas zu geben haben, die keinen Halt im Leben haben. Und wenn du keinen Halt im Leben hast, wenn du Jesus Christus nie bewußt in dein Leben eingeladen hast, dann möchte ich mit dieser Predigt um dich werben und sagen: Du darfst erwarten, auf wunderbare Art getragen zu werden, ganz gleich, was gerade läuft.

Wir beten: Lieber Vater im Himmel, wir danken Dir für Dein ewiges Wort, das fester ist als Himmel und Erde. Wir danken Dir für die Tiefe Deiner Gedanken. Auch wenn wir sie nicht voll erfassen, so haben wir doch eine Ahnung, wenn wir in Deinem Wort lesen, wieviel Gutes in Deinem Herzen für uns ist. Wieviel Fürsorge Du als Vater im Himmel für Deine Kinder empfindest und anbietest. Ich möchte Dich bitten, Vater im Himmel, daß Du Menschen, die vom Leben geschüttelt werden, deren Kraft schwindet, daß sie Deine Barmherzigkeit erfahren. Ich möchte Dich bitten, Jesus, daß Du Dich ihnen in Deiner großen Gnade offenbarst, daß Du ihnen Deine Hand entgegenstreckst und sie glauben können, daß Du auch ihnen zurufst:

Wenn du mühselig und beladen bist, komm zu mir,
ich will dich in meine Ruhe führen.

Dr. Michael L. Brown:

Heiliges Feuer

Von Erneuerung zur Erweckung

298 Seiten • Bestell-Nr. 5671.17000
DM/SFr 29,80 • ÖS 218,-

Dieses herausfordernde Buch ist ein Aufruf, alle Hindernisse, die sich einer Erweckung in den Weg stellen könnten, zu beseitigen. Durch die Darstellung einer echten Heimsuchung des Heiligen Geistes wird erkennbar, wie gering – in Relation zu einer Erweckung – die Auswirkungen vieler geistlicher „Erneuerungen" in jüngster Zeit waren. Gleichzeitig wird religiösen Traditionen auf den Grund gegangen, die ein Hauptthindernis für Erweckung sind. Das Buch beschäftigt sich auch mit der komplexen Frage über die sichtbaren Manifestationen, und zeigt auf, wie wir göttlichen Segen empfangen können, ohne dabei vom Teufel hinters Licht geführt zu werden.

Dieses Buch ist für alle, die sich nach einer echten Heimsuchung des Heiligen Geistes sehnen.

Dr. Michael L. Brown ist neben dem Evangelisten Steven Hill und dem Pastor John Kilpatrick als Lehrer die „dritte tragende Säule" der Erweckungs-Bewegung in Pensacola (Florida). Regelmäßig hält er Seminare für geistliche Leiter und ist Gründer und Leiter der *Brownsville Revival-School of Ministry.*

Erhältlich in Ihrer christlichen Buchhandlung oder direkt bei:

MEGA MEDIEN Verlag & Vertriebs KG
Bählacker 29
D-28876 Oyten
Tel: 0 42 07 / 80 19 58
Fax: 0 42 07 / 80 19 59